大方
sight

鼠辈

羊群过境

人类的算法

核桃树下金银花

掩面时分

庚子故事集

弋舟 著

中信出版集团 | 北京

图书在版编目（CIP）数据

庚子故事集 / 弋舟著 .—北京：中信出版社，
2020.9
ISBN 978-7-5217-1972-7

Ⅰ . ①庚… Ⅱ . ①弋… Ⅲ . ①短篇小说—小说集—中
国—当代 Ⅳ . ① I247.7

中国版本图书馆 CIP 数据核字（2020）第 105339 号

庚子故事集

著　　者：弋　舟
出版发行：中信出版集团股份有限公司
（北京市朝阳区惠新东街甲 4 号富盛大厦 2 座　邮编　100029）
（CITIC Publishing Group）
承 印 者：深圳当纳利印刷有限公司

开　　本：787mm × 1092mm　1/32　　印　　张：6.25　　字　　数：92 千字
版　　次：2020 年 9 月第 1 版　　印　　次：2020 年 9 月第 1 次印刷
书　　号：ISBN 978-7-5217-1972-7
定　　价：58.00 元

献 给 这 个 本 命 年

致谢《美文》《青年作家》《作品》《野草》《小说界》《花城》《上海文学》《思南文学选刊》《小说选刊》《小说月报》《中华文学选刊》，这本集子里的文字次第在这些刊物上出现过。

谢谢嘉钰对我启发良多的对谈。谢谢版画家杨宏伟，他极具震撼力的作品《世纪坛》令这本集子别具意义。

插画作品：版画《世纪坛》 杨宏伟 绘

目 录

代自序

钟声响起

首先，这不是你的虚构。尽管，虚构几乎就是你谋生的唯一手段。

你也确定，这不是幻觉。即便，这是幻觉四起也说得过去的时刻。

午后，在准点的刹那，在阳光下或者阴霾中，它悠扬响起。没错，只是在午后，两点时——对此，你没有把握。这令人狐疑，你无从理解，若是报时的钟声，为何不在一天之中鸣响二十四次。

就在此刻，二十一点整，你屏息谛听，没有它的鸣奏。

有人听到了吗？午后两点，有人听到了吗？此刻，有人听到了吗？你期待日后有人能够给你一个呼应，从而给你一个见证与确据，也给这庚子年的初春一个见证与确据。

这钟声，从前你也未曾听闻过。理性告诉你，那从前，午后的世界市声如潮，午后的内心也市声如潮，洪钟大吕被湮没在世界与自我双重的喧嚣里。这如今，纵然内心依旧无可救药地喧哗，世界却不可阻挡地安息了。于是，钟声浮现，如律动的朝阳，袅袅跃出往昔被如麻一般纷乱的声量注满了的时空。

但眼下你难以完全地信任理性了。你开始怀疑，没准儿，许多时刻，你那所谓的理性，也只不过是自以为是。但你也时刻提醒着自己，万万不要掉进非理性的深渊里。

你唯一能够确认的是，在非常的日子里，这钟声一天一天地在午后两点时响起，给予你无从说明的慰藉。起初当然是不经意的，你听到了，有那么一个瞬间的恍惚；渐渐地，成为了一个盼望。你开始在那样一个准点的时刻，立于窗前，侧耳倾听。时长大约也就半分钟，却如丝如缕，绵延难绝。

你该调动起你的专注，如同进行严谨的科学观察一般，专门用一天的时间去定格它吗？——搞清楚它究竟是在哪一些准点的时刻才会奏响，是什么理由让这些专门的时刻被遴选出来，它一天究竟会奏响几次，它的规律何在，在这规律之中，究竟蕴藏着怎样的奥义。

你拿不定主意。你对于理性的信赖已经开始摇晃。要命的是，你的感性也已经站立不稳。

不错，这钟声已经成为了非常时期专属于你的一个盼望，但即便是在非常的时期，你也依旧涣散。你知道，自己恐怕是做不到在二十四个准点的时刻都竖起耳朵、保持警觉，即便，你已经认领了它于你而言某种堪称重大的意义。这是普遍的人性，你是如此的软弱和无能为力，那重大的声息已经响彻天际，你却依旧难以从浑噩的舒适区中凝神聚力。你听到了，被触动了，却依旧在惯性中任其弥散在势不可挡的浑噩里。直到下一个时刻，它再一次响起。你意识到了自己的软弱，并为之感到羞惭，可是在短暂的羞惭过后，历经了不安与焦灼、懒惰与懈怠，周而复始地迎来下一次羞惭。

对此，你差不多完全是沮丧与气馁的——你的耐心与毅力，都不足以令你在二十四个小时里去寻觅缥缈的钟声，你依旧难以专注，哪怕，事态已是如此的严峻。于是，你只能轻浮地给自己开脱，喏，那天籁之声，无须以刻板而机械的方式去捕捉，你赶巧听到了，便自有其隐秘的美意。

自有其隐秘的美意！但这美意你若不是去聚精会神地领受，它当然只能永远对你保持隐秘。省察的时刻到了，否则这生命只能交给一次又一次的“赶巧”，而谁又能保证，下一次你“赶巧”听到的，将不再是报时的钟声，竟是，丧钟为谁而鸣。

此刻是二十二点整，准点的时候，你专门站在窗边屏息去听了，钟声没有响起。

你用力听到了风的声息。除了风声，万籁俱寂。在这非常的日子里，白天静得像夜晚，夜晚静得像史前的夜晚。时而，邻居的争吵响起，社区的喇叭响起，却并不嘈杂，显得不太真实，分贝空旷，条分缕析。

妻子开学前需要自我隔离十四天，她必须回到兰州去。独居的你跟“小爱智能管家”说话，毋宁说，是跟它制造点儿声音。刚才，它突然发声：主人主人，我的能量不足，请给我充电。你回它一声：我就不给你充。

二十三点整，没有钟声响起。

史前的夜晚也许都比此刻热烈吧，风吹草动，乃至风声鹤唳，万物发出静谧却有力的喘息。而此刻的城市之夜，是人工化制造出来的带着塑料味的静寂。

刚刚接到通知，其后你有三天需要去值班。和同事沟通了相关的事宜，重点是，你需要一张复工证明，拿着这张证明，你才能找小区的物业开具出门证。腿真的是被关住了。耳朵貌似依旧自由。但你早就明白，这人间，从来都有着对于耳朵的囚禁。更多的时刻，人还会充耳不闻，自我拘囿在听觉的牢笼里。

你开始着手探寻那钟声的踪迹。只能依赖百度，你只能依赖百度。你搜索的第一个关键项是“电报大楼报时的钟声是什么音乐”。几番甄别，你得到这样一条讯息：

> 武汉江汉关1987年恢复采用自1924年1月18日建关后就采用的国际通用报时曲《威斯敏斯特》。

值得庆幸的是，你没有太费力气，便抑制住了你那颗惯于草率地将万物肆意比附的心，坚定地站在了朴素的常识之中；你坚信你的耳朵是在物理的世界里谛听到了钟鸣，而不是那千里之遥的汉江边上奏鸣的旋律飘荡进了你的耳朵。如果此刻你再一次放纵自己的冥想，你知道，天亮之际，你将受到惩罚，将神魂颠倒在不可预知的精神危机里。

你做出了决定：明天，在那个准点的时刻，你要录下那钟声，作为这非常时期的勒痕。

现在，你得到了一个曲名——《威斯敏斯特》。对此，你并不陌生，你知道，那是一个地名，还关乎宗教与信仰。果然，百度继续证实：

> 威斯敏斯特钟声，又名西敏寺钟声，是英国伦敦威斯敏斯特宫大本钟报时用的乐曲，也是国际通行的一种报时音乐。其最初来源于1793年时剑桥圣玛利亚大教堂，后来作为威斯敏斯特大教堂的钟声而闻名遐迩。
>
> 1794年，英国著名作曲家克洛兹设计以四个音符为一组的“报刻”音乐，首先被剑桥大学新落成的圣玛丽教堂钟楼所采用，世称“剑桥钟声”。1859年，英国议会大厦钟楼亦敲此曲，故而声名大振，伦敦市民常常听到钟声便核对

时间。

《威斯敏斯特》这首教堂音乐除了成为大钟的报刻报时音乐外，也是英国皇家的名曲，并成为了世界流行的音乐。

这首乐曲在东亚圈被广泛使用，在日本、韩国、中国大陆和台湾地区的学校普遍作为上下课的铃声使用。上海江海关大楼曾使用此曲。广州粤海关大楼、武汉江汉关大楼现仍使用此曲。

中国多数铁路车站使用这段音乐的第一段作为播音前的提示音乐。

在日本许多公共场所都采用这段音乐作为报时音乐。

在印度尼西亚，火车到站或者出发时采用这段音乐。

在美国，联邦信号公司采用这段音乐作为报警设施的报警音乐。此外纽约地铁在关闭车门时也会采用这段音乐提醒乘客。

在加拿大渥太华的和平塔，这段音乐被当作报时音乐。

……

好了，现在你只需要找到这段音乐的音频。这很容易，当旋律响起，你宛如又一次站在了这些日子里的午后的窗前。你知道，就是它，那钟声的肉身，被你鉴定准确了。

凌晨一点，世界那塑料味儿的寂静似乎有了一些自然的气息。

没有钟声。

你多少有一些感动，感动于那驱策时光的“报刻”之声，竟然被人类共同接受与谛听。这像是一个奇迹，更像是一个安慰。因为你知道，“人类”这样的一个想象，在这样的日子里，空前地成为了全部中国人重大的命题。

你找到了相关的视频：

上海海关大钟钟声——威斯敏斯特报时曲的珍贵记录（三刻 & 整点）

你甚至想将视频的链接也复制在这里。但你必须用汉字将其描述出来。好吧：这段视频全长两分钟，镜头对准巨钟的内部，钟声三节，时长二十二秒，前后是巨大的齿轮匀速咬合转动发出的咔哒声。时间一往无前地迈步，沉重，严酷，毫不动摇。宇宙庄严地恪守着它的秩序。

你在心里琢磨，你所处的位置与西安市的电报大楼距离几何——显然，那几乎没有钟鸣相闻的可能。那么，你听到的钟声来自何方？它当然不会是来自那座正在苦熬着的城市，当然不是。尽管，这样的想象何其抒情，但你知道，在这样的日子里，不过半个月的光景，你已经无可转圜地丧失了抒情的冲动，并且深切地将那种冲动视为了会令人害羞的事儿。

合理的推断是，就在你的住处不远，有一座大钟在定时鸣响。它当然不会是自然的产物，是人，是人构成的组织，建设了它，管理着它。你开始意识到了自己往日的轻慢。往日，你并不觉察有一座大钟在你生活中的存在，就像你并不觉察这世界是在如何钟表一般的运行着，无数个你无视的人，人构成的组织，齿轮一般的咬合转动，才支撑起了你轻慢的生活。

现在，你开始意识到了。因为你那座狭隘的微不足道的自我之钟，被迫紊乱了。你被关在了笼子里，惶惑，仓皇，晨昏颠倒，小区的保安在你面前拥有着绝对的权柄，你被迫张望到了有人在高速公路上流浪，有人与婴儿被一层玻璃间隔成两个世界，有人剃光了长发，有人在阳台上鸣锣呼救。你被迫张望到了苍生。人，人构成的组织，这尘世所有紧密咬合的齿轮，出故障了。

而钟声依然准时响起。

这才是你艰难时刻所有盼望与慰藉的根基。

你不想再将这一切形容为一个隐喻。那种知识的卖弄与浅薄的抒情一样，至少都不是现在的你可以去随手操练的了，你没有如此的能力了，也许，这不过是你的无能。那么，就领受这样的无能吧，在时而坚定不移、时而又犹豫不决的摆荡中，去熬你的艰难时刻，去感动于能够感动你的图景，去聆听你听到了的钟声。

凌晨两点。依然没有钟声响起。但你听到了大地均匀的呼吸。

那钟声，为何不响够二十四下，这是你现在最为迫切想要解开的谜底。而你现在唯一确知的，只能是，至少，在午后两点的那样一个精确的时刻，你和那座被封锁着的大城里的人们一同，听见了四个音符为一组的“报刻”之声：

3 1 2 | 5 - - | 1 2 3 | 1 - - |

当那一天来临，世界再度川流不息，小区保安不再限制你的腿，你应该马上就去探寻你身边不远处那座大钟的位置，你将满含着热泪去搞明白，你的生活原本是由什么构成的，是谁在黎明清扫着马路，是谁在将书籍、牛奶递在了你的手里，是谁在装模作样，是谁在脚踏实地，是谁，不懈而又卑微地劳作着，在让钟声准点响起。

2020年2月10日

庚子正月十七定稿

香都东岸

庚子故事集

核桃树下金银花

如今送快递的电动三轮车已经成了路面上的交通灾难。行驶中我也受到过它们的妨碍。但我很难去谴责它们，因为在情感上，我觉得自己可能算得上是这个行当最早的从业者之一。我经常会把自己想象成快递小哥们的先驱。

那年我十七岁出头，差不多算是抢了一匹这样的铁马，一路风驰电掣地穿行在玉林街。本来也没什么目标，非要说有的话，我心里最初的方向纯然只是一个念头。那个念头的心理地名叫“透口气儿”或者“撒个欢儿”，就是诸如此类的情绪而已。临近高考，你能明白我干吗会想这么干。

结果是电动三轮车上载着的包裹驱策我将纯然的心理地标换成了玉林街。没错，那儿正是这件包裹需要派送的地址。

你看，这没什么好说的，既然你跨上了一辆送快递的电动三轮车，你就得把车上的货给送了。

那件货挺大，用绳子捆在三轮车货厢的顶上。如果它是塞在车厢里，没准我就不会奔赴玉林街了。可它正是如此拉风和招摇，摆明了你不重视它，你就是犯下了天大的罪过。有些事态一旦摆在眼前，就会成为态势，你必须对它做出反应，好比一只沙袋吊在眼前，你只能硬着头皮迎上去，忍着疼，挥拳狠狠地揍那么几下。我把这种事态称为“规定性事态”。

那时，一件“规定性事态”的包裹捆在车顶，我必定会被唤起某种给定的身份归属感，它让整部电动三轮车有种满载了一番道义的属性，甚而，我还会因之升起一种自己也不大确定的荣誉感。你知道，顶着它，电动三轮车偶有颠簸，车身会发出不稳定的摇摆，于是好了，在这种不稳定的摇摆中，骑手的荣誉感却油然升起。

这匹铁马是我从张桓那儿抢来的。彼时恰在午后，张桓将他的坐骑停在了学校门口。“坐骑”这词儿，是张桓自己的命名，想必给了他有效的心理暗示，让他在蓉城走街串巷时豪情陡生。他需要这个，否则无法面对我们这帮朋友——大家初中毕业后分道扬镳，有人接着读高中，有人跨着坐骑送快递去了。读高中的实则羡慕跨坐骑的。快递员在那时还是个新兴职业，而所有新兴的东西，在我们的时代都天然地具有正确性与优越感。当时，一群人围着电动三轮车，可不真的就像是在瞻仰赤兔马？它还真是有点威风八面，黑色的车体，白色的大LOGO，在一帮高中生眼里，有股身份确凿者才有的派头。

我得骑着它走一遭。这念头不由分说，就是一只沙袋吊在你眼前于是你便只能攥紧了拳头迎上去的状况。

我问："跟骑摩托差不多吧？"

这么问，是因为我会骑摩托。

"一样的。不过货拉得多就得当心点儿，搞不好会侧翻。"张桓说。

他可能嗅到了不祥的气味，于是企图吓唬我。

我说："我这身板儿问题不大，镇得住。"

张桓单薄得像张纸片儿，不言而喻，所谓侧翻，对他也许才是成立的。而那时候，我处在人生吨位最重的好年华。足足一百九十三斤，我比身边所有的人都大了不止一圈，自我判定为一个失败的胖子。但这个失败的胖子，在这件事儿上难得地摊上了优势，我完全称得上是一块可靠的压舱石，能够稳定住一切妄图侧翻的坐骑。想把我掀翻，那可真不是件容易的事儿。

然而张桓还是不肯轻易让出他的权力。他以掌权者才有的口吻宣布说：

“不开玩笑，公司有明文规定，货车严禁交给他人。”

此话蹊跷，对于那时的我们，完全是另外一套话语路数。“严禁”“明文”“他人”，至少，这些话当时在一个失败的胖子听来，只能加深这个胖子的失败感。除了不祥，张桓肯定又嗅到了另外的气味，混杂着沮丧的酸味儿和悲愤的硫黄味儿。他絮絮叨叨地说他送了一早上的货，送货是有时效的，他必须赶在下午三点之前干完这一趟的活儿。

我问他：“那你还跑这儿嘚瑟什么？”

他说：“歇口气儿呗，看看你们呗……”

好了，“歇口气儿”直接诱发了我“透口气儿”的联想。我们都受制于一口气儿，这就好办了，既然这是大家共同的困境。我冲他笑笑，手已经搭在了他肩膀上。我在使劲儿，尽管还没有形成暴力，但向他传递的意思明白无误：走开，否则我帮你走开。

“真不行啊，哥们儿，”张桓下意识夹紧了腿，像是夹紧了他的马背，“这车是交了押金的，有个闪失我的饭碗就没了。”

我在跟他对话，但用的是手语。最后他还是听懂了。

他说：“那你骑一圈吧，试试就好啊，其实没啥好玩儿的。”

彼此换位，跨上去，我觉得车身被我压得向下一矬，那感觉就像是真的跨上了一匹马，它极富灵性地微微下沉，缓冲掉瞬间的重荷之后，又柔韧地挺起了腰背。顿挫之间，简直就是一个活物。

张桓讪讪地问：“怎样？是不是没啥特别的？”

“挺好。”

我由衷地说，手里尝试着打火。

那家伙被驱动了，向着街对面歪歪扭扭而去。这一段我是在逆行，三轮车走着不规则的曲线。扶上马，送一程，张桓跟在后面慢跑，像个跟在大统领座驾边儿慢跑着的保镖。其他人在起哄。随后我在路面上掉了头，迎着张桓马力十足地开过去。他望着我笑，继而把笑凝固住。当他的坐骑有如马儿嘶鸣一般从他身边轰吼着驰过时，他只来得及在我身后丢下这么一句话：

“货得送到玉林街啊。”

这句话他说得上气不接下气，听上去像一声力不从心的叹息。

电动三轮车很好骑，我的确镇得住它。它在路面上畅行无阻，那些耀武扬威的大家伙不得不挤作一团蠕动的时候，恰是它灵动流畅的时刻。这感觉对一个失败的胖子而言，真的是美妙极了。囿于肉体的庞大，生活中我已经习惯了笨拙和艰难，而此刻世界变得像丝绸一样光滑。于是行动本身不断自发地推远着目标。最初，我不过是想要跑一小圈儿，我的那口气经年累月，堪称一口浑厚的恶气，浑厚到都已经让我不大敢使劲儿吞吐的地步，至多吹气如兰地吁一吁。可在车流中穿梭了几下后，我就有了吞吐大荒的气魄。三轮车的轻盈成为了我的轻盈，它黑色的车身和白色的大LOGO，显豁地重新命名了我，让那顶失败者的帽子从我的胖脑壳上随风吹落。我生活在黑色的六月久矣！即便是冬天，也被那个可怕的月份所折磨。现在，我才意识到原来成都四月份的天气这么巴适。我觉得我是逆行在时光的隧道里，从四月回向三月，二月，一月，总之，与那个不由分说、只能蛮横逼近的高考时刻背道而驰。

我的确有可能真的害死张桓了。“严禁”“明文”“他人”这些词儿，将会因为我的行径而去围剿他，“押金”“饭碗”这些狠词儿，将会不由分说地揍翻他。他现在唯一能做的大概就是：走进校门，认领命运，逐渐膨胀，直到坐在我那张课桌前，成功地蜕变为一枚失败的胖子。而我，渐渐地成为一张美妙的纸片儿，跻身快递行业最早一批从业者的行列。此刻发生着的一切，对我终归只是一个故事，但对张桓，就是一个不折不扣的事故。他此刻该有多崩溃，我是完全能够想象的，纸片儿一般的他跨着坐骑乘兴而来，却不料被敲掉了饭碗。但我没法不混蛋这么一次，就像谁都不应该在四月却过着六月的日子，就像没谁可以剥夺成都四月份巴适的好天气。为此，你被授权可以嚣张地去冒险，去慷慨地犯浑。

铁马在不自觉地往玉林街方向跑。这点起初我是没有意识的，我只是被莫名的力量所驱使。回头想想，这事儿其实好懂：老马识途，一旦你跨上了一辆送快递的电动三轮车，你的路线与目标便已经被圈定。

这是我第一次驾驶电动三轮车，但我熟练得就像是驾驶过它一辈子，我觉得我完全就是在做着一件压根不需要学习的事情；做一个快递员，我压根不需要被教育，它就是我生而为人的本能。

我加大马力，并不知道自己是往玉林街跑。我还以为我是冲着烤兔跑呢，这对一个失败的胖子而言，简直就是天经地义的方向。华西医院对面有我钟爱的烤兔——华西医院在玉林街方向，这个逻辑的链条，是一个失败的胖子内心朴素无华的真理。循着真理的轨迹，我在华西医院对面成功地吃到了烤兔。坐在店里享用，优哉游哉地隔着玻璃瞅向停在路边的电动三轮车，我将此刻的美食当作了辛劳工作间歇的一顿犒赏。

重新上马，被满足了的胃便不再为我引路了，偶尔颠簸的三轮车，终于开始提醒我身负着某种使命。我在路边停下，研究那件车顶上的包裹。它贴着的包裹单上确乎有个写着玉林街的地名：

玉林街　民航成都飞机工程公司职工宿舍

我想这并不难找，因为这个地址看上去就不像是个泛泛之辈。我踅进巷子里，信马由缰，开始蛮有派头的梭巡。打麻将的妇女被惊动，目光警惕地尾随我。我经过了坐在板凳上嘬荷叶菊花的闲汉、当街开张的剃头匠，沿着一条乌黑的排污沟前进。而后兜转一圈，恍然又是打麻将的妇女、坐在板凳上嘬荷叶菊花的闲汉、当街开张的剃头匠。显而易见，我迷失在四月的时光里了。玉林街就是一座不折不扣的迷宫啊。不过我才不在乎呢，我并不在乎被绕晕，不在乎妇女、闲汉、剃头匠次第在我眼前打转，不在乎骑着赤兔马却走了麦城。作为一个失败的胖子，我从来不在乎铩羽而归。

可事态一旦成为了态势，便自有其意志。几圈之后，我看到一家杂货店门口蹲着个跟我一样胖的女孩，她穿了件阔大的老头衫，却长发披肩。三轮车在她面前停稳，我下来了，看清原来她也是坐在一张板凳上的，不过板凳比起她来，小到可以忽略不计，让她看上去咄咄逼人地像是蹲着。

“我找民航成都飞机公司，”我说，意识到并没说准，定定神，又说一遍，“我找民航成都飞机工程公司，嗯，职工宿舍。”

“找去呗。”

她一出声，我就知道我遇见了一个同伙。她的那种腔调，冷漠，无理，有点儿幸灾乐祸和缺心眼儿，诚然就是一个失败者的腔调。你也看出来了，这女孩就是我的翻版，不过比我多了一头披肩发而已。

她盯着我身后的三轮车问：

“你是送煤气罐的嗦？”

我知道，她的眼睛要绕过我看到我身后的风景该有多难，我常常自诩为一堵墙。我善意地错开一点儿，以便让她看得分明。这对我而言，绝对称得上是善举。你要知道，仗着一副庞然的身板儿，我可没少跟世界作对：故意扩张，为的是挡住后排家伙求知若渴地望向黑板的目光；故意扩张，为的是塞住门框，阻挡住尿急者错乱的脚步。而且我也相信，所有失败的胖子多多少少都会和我一样，对这个世界抱有不大不小的寒碜的敌意。

“不对，我是个送快递的。”我几乎是温柔地向她解释，“和邮递员差不多，但是比那帮家伙更高更快更强。”

“你不是飞机公司的吗？”她说，“没有比飞机更高更快更强的了吧？”

一刹那，我觉得我是被她戏弄了，她这个失败的胖子，在智力上至少比我成功。但我很快不这么想了，因为我从来笃信，没有一个胖子的智力会高过我。还有就是，尽管这世上失败的胖子不少，但让他们狭路相逢，却一定是个小概率的事件，至少在我的经验里，从未遇到过像眼前这个女孩一般与我旗鼓相当的。怎么说呢，嗯，金风玉露，对她我竟有股惺惺相惜的爱惜。

“别逗了，不是那么回事儿。帮我想想，民航成都飞机工程公司，嗯，职工宿舍在哪？”

我说得诚恳。

她威武地站起来了，动静令我都不由得想退避一步，更加让我确认自己是找到了一个同伙。

“胖子，这里压根就不可能有飞机场。”她用一根一点儿也不亚于我的胖指头环指一圈，“全是楼，全是楼啊。”

我也冲她伸出一根粗壮的食指，勾一勾，示意她过来，瞅瞅车顶上的那只包裹。

她倒是大方，凑过来看。

“玉林街，民航成都飞机工程公司，嗯，职工宿舍。”

我吁了口气，幸好，是个识字儿的。

她拍拍我的肩膀，那真是砰砰有声。

“你完了，胖子。”

她的声音像我一样温柔。

“啥意思？”我说。

“玉林街。”她重复一遍。

“是咯，难道这儿不是玉林街吗？”

我错开一步，看她身后的门牌号。没错啊，玉林十巷七号。旋即，我便知道我是真的完了。可不是吗，以“玉林”之名，至少有十巷之多，而这个包裹的单子上只大而化之地写着“玉林街”，就好像玉林街如同中南海一般独一无二。

“你得帮帮我。”我温柔地说。

“这个可不好帮，”她耸肩做了个很够劲儿的动作，“不光不知道是几巷，你还不知道东西南北。”

“东西南北我还是知道的咯。”

我顿了顿，整理了一下方向感，觉得把握尚存。

“玉林分玉林东路、玉林西路、玉林南路、玉林北路。”

她当然是笑起来了。一般情况下，只要有人冲着我笑，甚至我自己对着镜子冲自己笑，我都是不惮以恶意来揣测的，但此刻我不觉得她带有讥讽。

是啊，这是很崩溃，我所面临的困难不亚于课桌上堆积如山的习题。然而我一点儿都不焦灼。我想，是对面这个女版的自己安抚了我。她把握十足地站在我面前，加重了我们失败胖子阵营的砝码，我们无所畏惧，大不了彼此依赖，共同失败，共同胖下去。

果不其然，她又一次拍打我的肩膀，说道：

“没事儿，就一起找找呗。”

我重新跨上坐骑，一瞬间，甚至想象着一把也将她拽上来，从此扬鞭策马、红尘潇洒。她自岿然不动，嘴角挂着平静的笑意。我立刻感到了羞愧，为我的幼稚和盲目。现实从来残酷，我却心怀叵测的梦想——这辆电动三轮车，承载了我，已经是它的极限了。

重新下马，我推着那家伙走。这是眼下行走在玉林街唯一正确的姿势。我当然可以还骑着它，跑慢点儿，但我没法想象一个胖女孩像个跟在大统领座驾边儿慢跑的保镖那样地尾随着我。谁能想到呢，我从张桓那里抢来一匹快马，原来却终究是要推着走的。如果知道是这样的局面，张桓他也是会宽恕我的吧。

我们走在四月的玉林十巷里。不必说，路面完全被我们堵塞了。这却给予我们一种满盈的豪情。我们最大程度地充斥了虚无的时光，拥有了结结实实的肉身者的尊严。迫于无形的压力，路人一定是要给我们让道的，贴着墙根，让我们簇拥着一辆电动三轮车先行，款款而过，我们就是这样被世界礼遇，连风都得绕着我们走。

想必她的心情也与我仿佛。证据是，走了大约十分钟后，她开始显得有了些闲情逸致。

“核桃树开花了嗦。”

她指着排污沟边浓荫蔽日的树木说。

对于树木，我是一窍不通的。顺着她的胖指头瞧，我有生以来第一次认识了一种树。这树，大约有二十米高，树皮灰白，纵向排列着浅纹，花苞完全颠覆我对花朵固有的认知，差不多就是我眼里认定的果实，只在顶部有那么一点儿花的意思。

“我家地里种了好多核桃树。”她说。

我不觉得她这是在卖弄，因为种核桃树这类事儿，在那时候就不是什么值得卖弄的事儿了。很久以来，人们卖弄着的，早已经是种摇钱树之类的把戏了。可我还是感到了羡慕。让我羡慕的，除了种核桃树这事，还有她大大方方说出此事的从容和磊落。我想我是做不到的，我也是个只配跟人吹嘘栽种了摇钱树的家伙。所以，尽管我们同样是个胖子，也许还在很大程度上同样是一个失败的胖子，但至少，她在种核桃树这类事儿上，境界遥遥地领先了我。

“真不错。”我赞叹道。

她话头一转，说：

“还有金银花，我妈在核桃树下还种满了金银花。”

我一时有些转不过弯儿，仰着的脑壳不由自主地埋下来，好像生怕一不小心践踏了那核桃树下的金银花。没错，我出现幻觉了，感觉不是行进在玉林街的某一巷里，而是如沐春风，徜徉在一派田园风光中。

“知道啥是金银花不？”

“不知道，”我说，“——噢不，我知道，冲凉茶的咯。”

我不想在她面前暴露我的无知，不是好强，竟只是温柔的不再与世界拧巴的心情。

“没错，可是你肯定不知道它还叫别的啥名字。”

她和我对视了一眼，我们的眼神胖胖地对撞了一下。

“它还叫忍冬花。”她说，“因为开出来的花先是银白色的，再变成金黄色，才被叫成了金银花。”

“还是叫金银花好听，又是金又是银的。”

我依然是个只晓得摇钱树的浅薄蠢货。

“其实没那么富贵，金银花一点儿也不娇气，种上能有三十年的收成呢。”她停了话头，发出一声缥缈的叹息，“马上五月了，田里的金银花就要采摘了。”

说完这话，她便离我而去，仿佛直接去往田野里摘金银花去了。

我当然是回不过神儿，换了谁都会一下子回不过神儿。何况我还推着辆电动三轮车，于是只能傻在那儿不动。只要想象一下当你从某个动人的、关键还是与某个人共享着的蓝图里突然被遗弃，你就会明白我当时的滋味。有那么一会儿，我觉得我可能是中暑了。推着辆电动三轮车，即便是在巴适的四月里，一个胖子也会汗流浃背，更可怕的是，这个胖子方才还因为有了另一个胖子的加盟而变得怀有了温情和善意，变得不再觉得自己纯然就是一个失败的胖子，变得鄙视自己的摇钱树思想，变得对植物学发生了轻微的兴趣，变得萌生了一丝去见识田园风光那种自己经验之外景致的愿望——变得就像他自己的一身肥肉那样的柔软。

不是说好了吗，“没事儿，就一起找找呗”。

我不能不做出判断：嗨，死胖子，你今天撞鬼了。哪儿有什么电动三轮车，什么烤兔，什么玉林街，什么飞机场，全是楼，全是楼啊。但做出此种判断的同时，我的脑子里依然充斥着一派自己未曾经验过的风光。

当年，在四月的玉林街上，你可曾看到过一个被雷蒙的、茫然无措的失败的胖子？那天我骑着一辆抢来的电动三轮车，不达目的誓不罢休地穿行在玉林街上。我不甘心，我在拼命地找，拼命地找。我找的既是玉林街民航成都飞机工程公司职工宿舍，也不是玉林街民航成都飞机工程公司职工宿舍，要“找到点儿什么”这个念头本身，也许才是左右着我的真正的动力。

当暮色四合，我将三轮车开回到学校门口时，好几个张桓一起向我扑来。

那是张桓，张桓的哥哥，张桓的爸爸，以及张桓的亲戚们。他们是一个纸片儿的家族，在我眼里，就是好几个张桓。还没下马，我的后脑壳就挨了一巴掌。那也不过是纸片儿般的一巴掌，但却将我的眼前打出了华丽的金星。

知道吗，我看到了硕果累累的核桃树，我看到了一望无尽的金银花。

许多年过去，如今快递小哥没啥神气的了，新事物成为旧事物，都是这样的结局。

刚刚我还趴在家里的露台上，看小区保安扭着一个快递小哥往外赶。这位小哥端的像张纸片儿，不能不让我将其想象成我的同学张桓。如若真的是张桓，那么他就是一个持之以恒的快递楷模。可这显然没有可能，我为自己滑稽的想象而沮丧。多么无聊啊，或者多么伤怀，一转眼，你就是一个无所事事、胡思乱想的中年胖子了。

我回身进到客厅，倒在沙发上，安静地聆听楼下的吵闹，从呵斥与争执，到辱骂与咆哮。

我一直在周而复始地减肥，这差不多成了我毕生的志业。效果最好的时候，我减到了一百四十五斤——那可真是个像模像样的公子哥儿。但我最初并不知道，上帝赋予我沉重的皮囊，本来是要平衡我灵魂中根深蒂固的轻浮的。这是上帝和我之间一桩很严肃的密约。我就是我自己灵魂的秤砣，是我自己船身的压舱石，我轻了，灵魂便四方飘散，我轻了，就得翻船。大学毕业两年后，在二十四岁的时候，一百四十五斤的我搞砸了家里原本非常兴旺的企业，一夜之间，连居住的房子都得抵押给银行还债。那是我老爸一生的心血。一个公子哥儿倒下了，他在半年之内，体重重新攀爬到一百九十斤以上。

我跟着爸妈离开了成都，就像是一个拖累着双亲的巨型婴儿。我们一家人在西安开了爿只有两张桌子的串串店，每天呼吸充满牛油与花椒味的空气，至少还可以让我们不觉得已然背井离乡。

有那么一个深夜，我在浓厚的川味儿中失声痛哭，老爸不得不连哄带吓地把我拖到街边儿去，以免我惊走店里本就稀缺的客人。他手足无措地站在我身边，而我干脆一屁股坐在了马路牙子上。我这个失败的胖子无法完成蹲姿，要么站着，要么只能坐着，上帝没收了我身体折中的姿势。老爸系着脏兮兮的围裙，神情木然，只能说一些“从头再来”之类的废话。后来我哭累了，抬头发现，自己原来是坐在一棵核桃树下的，黑暗中密实的树叶混为一个整体，从而在夜风中神圣摇曳着的就是整个树冠。那是我唯一认得的树木。

我知道我得振作起来。这并不说明我天生有自强不息的品质，我只是在十七岁时被上帝调教过。可我一旦振作，体重便开始下降，就像是一个悖论。我惧怕自己重新变得轻浮，于是振作一段时间后便重回消极气馁，在某个深夜坐在核桃树下恸哭一场，继而，再度振作。朝三暮四，我活在时重时轻的轮回里。

说来也很神奇，最重的时候，我没突破过一百九十三斤，最轻的时候，也再未跌至一百七十三斤以下。从一百九十三斤到一百七十三斤，这个区间，俨然是我开展生命运动唯一可行的活动半径，我的跑道并不长，只能折返在这样的一个摆幅里；我所有的悲伤与欢乐，见诸肉身，不过起伏在这样一截微不足道的波段里。不过区区二十斤——等我有一天终于勘破了这个秘密，我就突然得到了解放。因为我看到了本质，看到了生命的限度。

那一年冬天，我在将鸭肠和豆皮串成一把把串串之余，开启了在网络上写穿越小说的生涯。我的网名叫做“不过区区二十斤”。这个网名决定了我直抵某种神秘本质的书写能力，我觉得我多少摸准了自己命运的脉搏。事实也证明，这回我算是弄对了。

差不多用了五六年的时间，我向爸妈宣布他们可以搬回成都去了，我已经有能力为他们在成都买下最体面的房子。但他们异口同声地向我表示：此地乐，不思蜀。串串店当然是不用再开下去了，而且其后很长一段时间，我们一家三口都心照不宣地拒绝吃一切与牛油和花椒有染的食物。我的确赚到了不少钱，但我未曾松懈过。网络作家的生活非常适于我，后来，我在一些活动中与同行碰面，发现十有八九，大家个个都是一副失败胖子的尊容。这个群体日以继夜地过着昼伏夜出的生活，不免苍白而浮肿，像极了挂在天边败絮般的云团。

刚刚我在露台上还称了体重，一百七十三斤。这是我人格的红线，按照经验，我应当开始一斤一斤地爬升了。就是说，我该启动消极气馁的按钮，让心情沉下去，让体重升起来。可是这回我有点儿拿不准，因为我竟感到消极沮丧也不是说启动就能够马上启动的。至多，我不过是感到了多么无聊或者多么伤怀，可这与那种浑浊而滞重的悲观相距甚远。

我已经不能调节自己精神的重量了吗？或者说，我已经开始丧失悲伤的能力？我尝试着让自己想想女人，想想那些最能唤醒一个男人痛苦经验的记忆。我当然有过自己的女人，我在一百四十五斤的公子哥儿时期，有过不止一个女朋友，如今靠写古代爱情赚到了钱，自然也不缺乏伴侣，但此刻我将她们一一检索，她们所有的欢笑与泪水，激情与消沉，她们的身体与灵魂所带给我的一切冲击，竟然全都止步于一个具体的数据——一百二十斤。这是最保守的估计，尽管我不可能给她们一一称重，但我可以断定，她们绝对不会超越这个额度。一百二十斤，大约是个什么概念呢？我环顾四周，寻找可以比附的物件，目力所及，那大约是四台电视的重量？一定不会比真皮沙发重，也不会重过实木茶几……

就这样，一个胖女孩走进了我的记忆。我望着她，仿佛反观着自己。这么多年过去，我几乎已经遗忘了玉林街。不久前我听到一个歌手在歌里唱出“走到玉林路的尽头，坐在小酒馆的门口”这样的句子，也只是略感恍惚而已，就像他吟唱着的，并不是成都，是一个叫做爪哇国的地方。但是此刻，我清晰地听到有个声音对我说：

“玉林分玉林东路、玉林西路、玉林南路、玉林北路。”

这些具体的路标如同大地的经纬，为我迅速地构建出了一个真实的世界。

迄今为止，我没跟谁说过我曾在十七岁时干过一个下午的快递员。这不太像是我的风格。至少，在我一百四十五斤左右的时候，我算得上是一个喜欢夸夸其谈的家伙，我会将自己乏善可陈的成长史夸大其词地渲染给人听，以此佐证，眼前这个公子哥儿的青春曾经多么地富有戏剧性与叛逆精神，尽管他一度是一个失败的胖子，但这个失败的胖子忧郁虚无，同时又敢作敢当，像是贾宝玉灵魂与鲁智深肉身的合体。那么，十七岁那个四月午后的经历，理应是一个极好的噱头，堪可拍成一部文艺片，可我为何不曾对人提及？我不知道，在这件事儿上是什么遏制了我天性中的轻浮，让我下意识地拒绝将其亮出来跟人卖弄。

那个胖女孩被我从记忆里叫醒，她在玉林街上向我迎面走来。我们遇到的时候，她应当也有一百九十斤左右的体重，对一个女孩而言，这无疑是一个非常惊人的指标，我不免会去想象她在这些年来都将遭遇些什么：一个个跟她比起来只能显得轻如鸿毛的男孩在她面前溃败，所有好的或者坏的运气一旦撞向她都会被她弹开。无论如何，对于这个世界而言，她都太庞大了，真是不幸，上帝在这个配额上赋予了她更大的艰难。如今她有自己的男人了吗？恐怕没有，不知为何，一想到这个问题，我就将自己与她无缝对接在了一起，似乎，在这个世上，“她的男人”断乎只能是我。这个舍我其谁的念头，说没道理也没道理，说有道理也有道理，就像在一些特定的时空，天经地义，核桃树只能够般配着金银花。

核桃树下金银花，此刻，我非常确凿地看到，她就置身在某个这样的背景里。我感到我的心微微地开始痛苦。

我要回趟成都，我知道我意已决。然后我意识到，自从离开我竟从未回去过。爸妈近年倒是常来常往，毕竟成都有他们的亲戚，老同事，老朋友，何况如今我也算让他们重新挺起了腰杆。为何我却从不曾想到要回去呢？不知道，我也不想知道这里面的缘由，而且，我更愿意倾向于其实压根没什么缘由。歌手在歌里唱道“成都，带不走的只有你，和我在成都的街头走一走”，我在成都没什么是可带走的。但这个认识现在被打破了，我想起，千真万确，是有那么一个人，曾经和我在成都的街头走过那么一走的。于是，我觉得自己与那座城市重新被某种微弱却又强韧的线索牵系在了一起。

是的，我得回去走一走，这念头渐渐变得强烈，最后，变得就像在那个四月的午后，我面对一辆电动三轮车时的心情一样——我得骑着它走一遭。这念头不由分说，就是一只沙袋吊在你眼前于是你便只能攥紧了拳头迎上去的状况。

第二天一早，我乘上了飞往成都的班机。

初秋的成都依然很热，当然变得让我几乎无法与离开时的记忆对应起来。但我并不觉得陌生，就像我已经不记得对于它的熟悉。飞机落地前，我产生过奇思异想：我是不是可以找辆电动三轮车骑到玉林街去呢？好在这念头只是一闪而过，如今我实在没有了将生活戏剧化的兴头。我叫了辆车，先去了华西医院。那家烤兔店没了。这没什么好奇怪的，它要是还在，可能才算奇怪。我信步到了锦江河边，在耍都吃了几把串串。吃完我意识到，这是自从我们关了串串店之后，我第一次重新把竹签捏在手里。我留意感受了一下自己的心情，让我欣慰的是，很好，我的确非常之平静。我的内心没什么波澜。然而有些重大的缝隙已经被时光抹平。

玉林街当然也不是当年的玉林街了。至少，排污沟看不到了，它被齐整的石板覆盖掉，街道俨然有了花园的意思。我从路边墙壁上的宣传栏得知，现在，我所在的地方叫做芳草翠园，它是一个模范街区。但当年的楼群还在，并且，全是楼，全是楼啊。打麻将的妇女、坐在板凳上嘬荷叶菊花的闲汉、当街开张的剃头匠，他们都还在。

走向玉林十巷七号，远远地，我一度真的确信，她也还在，穿着老头衫，像是蹲着一样地坐在一张板凳上，等着一个在她眼里貌似送煤气罐的家伙到来。

然而那家杂货店不在了，门脸儿被墙壁砌住，依然保留着曾经是个门脸儿的轮廓而已。

我感到了热，后背的汗水已经濡湿了T恤。一桌打麻将的妇女围坐在墙根，我走过去席地坐下看她们鏖战。能被我看到牌面的那个妇女警惕地回头看我一下，可能她是被我的身量吓到了吧，不由自主把身子向牌桌倾斜了一下。一个庞然大物出现在身后，谁都是会感到不适的。但我马上意识到，不是这么回事，现在的我只有一百七十三斤，算不得渺小，可也够不上庞大。是什么令这娘们紧张？那不过是因为她被人看清了自己的牌面而已，就仿佛，暴露了她内心深处的幺鸡与白板。

她不时回头看我一眼。我只能抱歉地对她笑笑。几把过后，她输了钱，不免要迁怒于我。

“讨嫌喽。”

她侧着脸用眼睛的余光扫视我，心里阴影的面积跟我的体积一样大。

我觉得是该进入主题了。

“大姐，跟你打听个事儿。”

我尽量让自己的口气显得谦恭。

“啥事嘛？”

一旦交流起来，她好像反而轻松了。

“这儿有个胖女娃，你认得不？”

“胖女娃？”她扭脸从头到脚看我一遍，回头继续码牌，“有多胖嗦？”

“嗯，差不多比我能胖上一圈。”

我思索了一下才说，因为我差点儿说出“和我一样胖”。

“比你还胖一圈？”

她不能不又回头看我了。

“是，比我还胖一圈。”

我直直腰，以便给她提供一个准确的参照。

“不认得。”她说。

我认为她不是在敷衍我，“比我还胖一圈的女娃”这个条件，耀眼得就像地上掉着的一百块钱一样不容人敷衍。

我并不甘心，继续给她提供线索：

“年龄嘛，和我差不多。”

她又回头看我，噗嗤笑了，说：

“和你年龄差不多？那还是啥子女娃嘛，胖婆娘嘛。”

我竟有些害羞，老实地点点头说：

“对头，她十几年前住在这儿，那时候，这儿有家杂货店。”

“不就是那家乡下人的胖女娃嘛!”

对面的妇女开口了，她的年龄明显是这堆人中最老的。

没错，就是她。我知道对上号了。当年，女孩对我说她们家的地里种着核桃树和金银花，只是当时我并没意识到，那只能是一种乡间的生活。

“走咯。”

“想起来咯，那家人去汶川咯。”

“去汶川咯?”

“可不是嘛，说是大地震全埋在楼板下头咯。”

“哎哟哎哟。”

妇女们七嘴八舌地说开了。

我站起来，发现她们全闭了嘴，齐刷刷地抬头看我。我身前的那个妇女手里举着一张红中，像是正在盘算要不要当成防身的武器。

我说:“你们要我嗦?”

“要你做啥?”对面的老妇女接话道，“我跟她家是邻居，她家是租房住下做点小生意的，还有老乡也在附近做买卖……”

我向前两步，把整个身子俯下来，两只手撑在牌桌上。有那么一个瞬间，我的心是静止的，因为时间静止了。我应该是想了一想，最后还是决定把这张牌桌掀翻算了，好像掀翻了牌桌，人生便可以重新开局了。但我并没有马上行动。

“她活着。”

我试图和她们商量。

“死咯。”

她们跟我对着干。

“她活着。”

“就是死了嘛。”

妇女们就是这般惊人的倔强。

“她家地里的金银花可以摘三十年，你说，现在才过去多少年？”我继续说。

我觉得我是说出了一个完全无法被推翻的事实，这事实，经得起上帝的检阅。但是说完之后，我就把那张牌桌掀翻了。

妇女们在我身后尖叫。我一边回头走，一边用手揩眼泪。我等着有人在我身后袭击我，用巴掌，或者干脆用红中也罢棒子也罢的什么把我打翻在地。那样的话，我就会在眼冒金星中看到一片无垠的金银花在风中摇曳。胖女孩将我遗弃在玉林街上，不就是走向了那片田野吗。她足足有一百九十斤以上，什么样的楼板都压不垮她，我们并肩走在玉林街，路面完全被我们堵塞，我们因之有了一种满盈的豪情，我们最大程度地充斥了虚无的时光，拥有了结结实实的肉身者的尊严，我们被整个世界礼遇，连风都得绕着我们走。

是她令我在那个下午与世界达成了片刻的和解，我没法不去这么想。

回到酒店，我习惯性地打开随身带着的笔记本电脑，准备按部就班地更新自己的作品。自从开始在网络上码字，我就没有一天中断过，这已经是我获得成功的首要条件。可是我知道，今天这活儿我干不下去了。有一个人，因为我今天的归来而死去，我还他妈的能去虚构那么多压根就没在这世上活过的家伙吗？如果今天我没有回到玉林街，那么她就永远在核桃树下的金银花丛中劳作与收获，永远活在我十七岁的一次冒险中，健壮，雄阔，矜重而有威仪。

十七岁的那个下午，我载着一件地址不详的包裹，风驰电掣地穿行在玉林街。它没有收件人的名字，自然也就没有收件人的电话。它就是上帝因材施教给我的一个三无考验，想要我见识的真理不外乎是：既然你跨上了一辆送快递的电动三轮车，你就得把车上的货给送了。上帝知道我有多潦草，对这个世界有多不耐烦，于是差遣了一个胖天使蹲在路边，让她陪我走上一程，软化我，给我这个失败的胖子加添肉身的尊严，她给我指认了此生的第一棵树木，启发我对原野展开想象。事实证明，这一切多么有效。当她完成了使命离我而去，我始终身在一种对于非凡风景的憧憬中，不达目的誓不罢休地穿行在玉林街上。我不甘心，我在拼命地找，拼命地找。要“找到点儿什么”的这个念头本身，充斥在我全部的一百九十三斤的灵肉里。

而这个“找到点儿什么”，不过就是一个肥胖少年应当早一点比别人学会的对于“规定性事态”的服从。你可以说那是提前学会认怂，但你也得承认，那里面，于劳作中蕴含着责任与义务自重的美德。

我找到了，它在玉林六巷一号。我完全相信，今天你若是按图索骥，依然会在此看到民航成都飞机工程公司职工宿舍——今天看一定显得寒酸，因为当年此地就不是什么堂皇的所在，然而最初入住的扎根者，肯定也壮志凌云，对未来抱有无端的信心与可被理解的妄想。

那天黄昏，我将上帝的三无包裹准确地投放在了它应当抵达的终点。门房签收了它，无师自通，我还郑重地让门房在包裹的底单上签下了名字。

那是迄今为止我所做过的唯一一件有头有脸的事儿。

我不止一次想过，那件包裹总归是会有一个收件人的，或者那就是上帝本人，当他用裁纸刀割开胶带，看到满满一箱的核桃与金银花时，会不会想到，有一个少年快递员风驰电掣地开着一辆电动三轮车，向着他永远的翻版与镜像，向着一个胖天使，一头冲进漫天遍野的壮观的花海里。

2019年7月4日

己亥六月初二初稿

香都东岸

2019年7月8日

己亥六月初六定稿

简阳

庚子故事集

鼠辈

“他的另一半走了，于是，他迅速地膨胀起来。这其实不难理解，他变成了一个胖子。”

“不难理解？”

“当然，这不是一加一等于二的那种逻辑，”她说，“本来结了伴儿的家伙，落了单，所以就忧郁成了一个肥仔——其实，这也跟一加一等于二差不多吧。”

我们第一次交流更像是个搭讪，大家都有些没话找话的意思。当然，跟酒精也有点儿关系。聚会的东家已经喝高了，老贾他摘下自己胸前挂着的玩意儿，挨个向不同的朋友分赠了好几圈。

“瞧瞧，这是块地道的战国玉。”老贾说。可大家伙儿即便都有些酒意，也都不傻，还是能分辨出那玩意儿绝非一件古物，纵然不明就里，但谁都看得出那不过是个电子产品。它的屏幕发着蓝光。于是，纷纷又给老贾挂回到胸前。

“他胖了多少斤？”我问。我断乎不会关心一个莫须有的胖子到底胖到了什么程度，但我得把话接下去。这也是一加一等于二的那种逻辑吧——别让一个主动跟你搭讪的、微醺的女人冷了场。

她将手机伸在我眼前，“喏。”

我看到一只体型短粗的啮齿动物。“他？”

“没错，瞧瞧吧，这是他现在的样子，没称过，不过我可以让你看看他之前的样子。”

“一只老鼠？”

“仓鼠。”她纠正。

“噢，仓鼠，可不还是个鼠辈嘛。”我本来想要说的是“鼠类”，结果说出口的却是“鼠辈”。这让本来中性而客观的科学分类，变得有点儿像情绪化的嘲讽。

“他把她带走了，他现在重度抑郁。”

要承认，我有着惊人的理解力，听话听音，至少，我从她的这句话里，听出了三个角色，并且，性别各异。

“他，是谁？”我问。

此刻，我认为她并不需要具备和我一样惊人的理解力，也能明白我是在问什么。这个搭上的讪，是被她所主导的，她理应把握内在的纹理与结构。

“雪糕，”她迟疑了一下，“尽管他是个小伙子，我们还是把他叫雪糕了，他特别白。”

我想她是会错意了，决定不再接她的话，安静地盘着手里的核桃。她欲罢不能，我看出来了，我们之间的话头已经打开，她会自己往下说的。

老贾的会所里全是些“战国玉”之类的玩意儿，真真假假，但我确信现在自己手里的这对核桃是真的。喝酒之前，我就将这对核桃从老贾的博物架上摸了下来，捏在手里，这对确凿的真东西，仿佛能给我定定神。

“女孩却被我们叫做肉球，”她果然继续说，“其实她挺苗条的，但他觉得肉球这个名字性感。”

老贾胸前的那件玩意儿再一次分派到跟前了，他兜头套在了我脖子上，将绳扣差不多推在了我的喉结处。

“他是谁？”我一边躲避着粗暴的老贾，一边故作镇定地继续着对话。我多少有点儿害怕，喝多了的老贾令人畏惧。我感到自己被按在砧板上了，生怕成为一个笑话。

“他，是谁——？”她还是不能够领会我的问题。

“你躲什么躲！”老贾将绳扣固定在我衬衫第二个

扣子的位置，“戴这种玉，绳扣必须拉到这儿，”他替我整了整衬衫的领子，“这是个讲究！”

我挺感激老贾的理性和讲究，喝多了的他，完全是有可能给我来一个绞刑的。她在对面同情地看着我，继而伸手拍了拍我放在桌面上的左手。

“你，是个识货的，”老贾表扬我说，“这块玉也就只有你能配得上。小蚁，我看好你，你给我记住，我看好你！”这个表扬我是得记住。老贾是个收藏家，从战国玉到茅台酒，从文玩核桃到普洱茶，没人知道他这些藏品的真假，就像没人知道他是如何积攒起的财富。但我知道，他是真有钱。有钱到能让我必须记得他酒后的看好。

老贾拍拍我肩膀离开。我能够感到自己有点儿惊魂未定，这让我变得迫切需要跟她继续交谈下去，借此平复一下自己的呼吸。我认真看着她，开始觉得她好看。

“你不打算还给老贾吗？”她指指我胸前的赠品，笑得令人玩味。

“我是说，谁带走了肉球？”我直接拉回了话题，谁会愿意在一个好看女人面前暴露出自己的怯懦呢？

这时候，追问一个带走了母仓鼠的人，会是个很好的掩饰。

“哦，罗宾，我们分手了，他坚持要平分这对儿伴侣。”

“就是说，实际上，同时有两对儿伴侣分开了。”

“哈，没错，肉球和雪糕，我和罗宾。我以为他会带走雪糕呢，结果他却选了肉球。可能他是真的觉得肉球很性感吧，没准现在他会搂着肉球睡呢。”

我需要脑补一些画面，不免也会联想她搂着一只公鼠睡觉的情形。老实说，我非常怕鼠类，非常非常怕。

“不知道肉球现在什么情况，雪糕倒是真的成了个肉球。”她说，“他的痛苦是不需要被专门理解的，那简直就是可以直接目睹的。肉球离开后，他疯狂地吃，食量是以前的五倍都不止。”

我不由得要仔细端详她的身材。她很苗条，至少不胖，胸还略微有些显小。而她，也是个落了单的。

“好在，你们可以结个伴儿。”

“我们？”

“对，你跟雪糕。”我觉得这是不言而喻的。

“不，没用，我们不是一类。至少，我们落单后的表现方式不一样，我的饭量根本没增加，甚至，我现在还有点儿厌食。”

“会不会，那个罗宾现在也暴食起来了呢？”我从桌上的盘子里抓起一块炸鸡塞进嘴里，“没准，落单后的表现也是分性别的。”

“有道理啊。”

她点头称是。我感到了一份落单之后也许专属雄性的饥饿感，于是，又抓起了一块炸鸡。

老贾开始四处寻找他刚刚馈赠出去的玩意儿。客人们笑闹着躲避他的骚扰，他理直气壮地扯开每个人的领口检查，女性们尖叫着拍打他的光头。

“我可不想让老贾这么干，”她说，“你也赶紧把这玩意儿收起来吧。”

我着迷地看着她，仿佛被催眠，眼前的她，竟被我看出了某种“仓鼠之美”：高高的颧骨和玲珑的下巴，瓷白的、略略有些大却俏皮的门牙。我像个白痴似的摘下了自己胸前的玩意儿，窝藏进裤兜里。我压根不想要这件不知何用的电子设备，但她让我赶紧收起来，我就赶紧收起来了。

“我得找他看看。”她站起来，将椅背上的围巾一圈一圈地围在脖子上。那是条很长的墨绿色围巾，她围上后，“仓鼠之美”更是美得不可方物。“看看他现在是不是也变成了一个肥仔。”她说。

我以为她围上围巾是要防御老贾，没想到她却是要抽身而去了。

“你现在就要去看——嗯，那个罗宾吗？”

“哈哈，当然不，他回英国了，过完春节才回来。那时候，他会不会真的肥到提不起裤子来呢？让我们拭目以待！”

“那么仓鼠呢？哦，肉球怎么办，他不会也把肉球带着一起回英国吧？”我抛出一个问题，不过是想挽留她。

“哦？”她歪头想了一下，嘟哝着，“这倒真的是个问题。”

说完她便走了。我却开始在心里敌视某个素未谋面的、回了英国的潜在胖子。

事情原本就会这样告停。我们历经过无数个这样的微妙时刻：似乎突然间会发生点儿什么，最终，却什么也不会发生；有那么一些瞬间，你觉得自己爱上了一个具有“仓鼠之美”的姑娘，并且些微地有些痛苦，既忍着羞怯，又忍受着妒忌的折磨，但下一个瞬间，你便跌入另外的幻觉里，觉得自己亦在令别人感到痛苦，忍着羞怯，又忍受着妒忌的折磨。就是这么回事儿。

可过了春节不久，她却打通了我的电话。

“嗨，我是麦吉，”她自报家门，“从老贾那儿要到你号码的。”

“噢？噢。”我虚应着。

“去看看罗宾吧，他从英国回来了。”

于是我知道了电话那头的人是谁。“仓鼠来电”，我的心里是这么定义的。

裹了件羽绒衣，我慢吞吞地出了门。坐地铁显然要更便捷一些，但我还是选择喊了滴滴。车子在拥堵不堪的路面上蠕动，这是我需要的。我想让这段路程空前地缓慢下来，这样，才匹配我古怪的心情。我想让自己更迟钝一些，让思考的路线也像拥堵的路面一样阻塞。到达目的地后，我在那所大学的校门口又徘徊了一阵，最后，诚然是鼓起了一个勇气，才向两个女生打问了留学生公寓的方位。

“沿着路走，看到那栋咖啡色的新楼就是。”她们热情地告诉我。

路边的梧桐树在冬天里显得格外萧瑟，它们的枝丫在空中相互伸出却不能握住，有种绝望的遥不可及之感。当我在“那栋咖啡色的新楼”前抬头仰望时，她在身后喊我了。“在这儿，小蚁，快过来！”

她躲在一丛冬青后面，只露出半截穿着迷彩棉服的身段，墨绿色的围巾捂住了大半张脸，棉服上的帽子也罩在头上，差不多掩藏掉了她的一切特征。

“坐下坐下，你蹲不了多久的。”她示意我跟她一同藏在冬青后面。

我摸出烟来，却一下子不确定这是不是有违她的意愿。我们是在埋伏，眼下，我确信这是她正在力求达到的局面，于是，抽烟这种事儿，恐怕不大符合埋伏的要求。她却示意我也给她来一支。我分别点燃了两支烟，不约而同，我们都深长地吸了一大口。为了抽烟，她从围巾里露出了漂亮的下巴。

“来晚了，”我说，“路上太堵。”

“没事儿，我盯着呢，那家伙一直没出现。”她像是劝慰我，仿佛是替我坚守住了某个紧要的阵地。

“干吗要用这种方式呢？直接去见见他不行吗？”

我还是表达出了自己的疑惑。

她有些震惊地看着我，就像是听到了一个最愚蠢的问题。“你觉得，那样合适吗？”

嗯，是不大合适。我设身处地地想了一下。可不，结了伴儿的人一旦分离，彼此见面，有时候会堪称惊心动魄。

“我不想让那个死胖子以为我还对他抱有幻想。”她进一步解释说，“这事关国格。”

她说得这么郑重，我也不由得严肃起来。

天色暗沉下来，好像突然就进入了夜晚。对面“那栋咖啡色的新楼”不断亮起灯光，我却不知道哪盏灯才是属于一个死胖子的。肤色各异的留学生不断地出没于眼前，每当看到白种人，并且身板儿壮硕的那种，我就不免要探头探脑地意图甄别一番。

“别费劲儿了，他不是那样子的。”她低声提醒我。

我恍然大悟，“死胖子”应该是罗宾落单之后才有可能达成的样式，就像雪糕，是在落单之后才暴饮暴食。于是，聚焦的范围进一步扩大，但凡白人出没，都会令我紧张一阵。

“不，你还是搞错了，”她叹息着，显然已经于心不忍，“罗宾是个黑人。”

那一瞬，我分明感到了绝望。天啊！我不能将自己的情绪归结为种族的偏见，只是想，天这么黑，昏暝中辨认一个黑人，难度何其大啊！

她感到了我的绝望，将脸探在我的面前，拉下围巾，补偿一般地吻了我。我感到自己的下嘴唇被两颗啮齿动物的门牙啃噬了一会儿，这便让我们的行为又不大像是一个接吻。像什么呢？嗯，像一对儿啮齿动物相互的喂食。

“我不喜欢kiss。”她推开我说。

kiss，我盘算她是在说“接吻”还是“轻触”。可能是后者，所以她的吻有着轻轻的、啃噬的滋味。

“炫灿。”她指着“那栋咖啡色的新楼”说。

此刻，对面的大楼灯火通明，确乎“炫灿”。我在心里敲定了她所说的是这样两个汉字。我从来没有这样去认识一栋灯火通明的大楼，感觉世界被她用一个陌生化的新词儿，就这么迅速地崭新定义了一下。

“走吧，”她站起来拍打着屁股上的土，“你们会见到的，咱俩可以打个赌，猜猜他究竟是变胖了还是没变胖。”

“我赌他没胖，”我有股没来由的冲动，好像就是要拧着她来，又好像是要捍卫一份男性的尊严，替男人们捞回点儿什么。

“好吧，”她吁口气，也替我拍打屁股上的土，“那我就只能赌他胖咯。”

当晚我在她家投宿。上楼前，我们在楼下吃了大碗的骨汤烩麻食。似乎要表明什么，也可能纯属食欲的驱使，就着汤饭，我和她都吃了好几枚生大蒜。

那只仓鼠蹲在她书架上的笼子里。并不白，压根不像支雪糕，充其量，是显得比较白的那种灰色，算是支淡巧克力雪糕；却真的胖，浑圆，让支棱在毛外的耳壳愈发显得突出。忍着强烈的不适，我向它走去。我知道，这是我必须过的一关，过去了，我才能获得今夜投宿的正当性。

“它是睡着了吗？”我想让自己表现得轻松点儿。

“不会，它好像从来不睡觉，就算睡，也只能是昼伏夜出。反正我是没见过它睡觉的样子。”

“啊哦。”我只能如此作答一声。

它的确没睡，我一旦靠近了它，它便唰地一下立了起来，带着一股强劲的动能。我几乎要惊叫着蹦回去，但我竟然控制住了自己。不但控制住了自己，我还伸手从它的笼子旁抽出了一本书。

是一本朱维铮的《音调未定的传统》。书有折页，翻开，我看到有红笔勾出的段落：

> 通观那以前的中国都市史，不论由于政治原因还是经济原因导致各自的盛衰荣辱，也不论那些盛衰荣辱过程或骤或缓，有几点是共同的或是相似的。

我竟然不折不扣地读进去了。其实，不过是以此抵御恐惧。我压根不敢抬头看那支淡巧克力雪糕。

“你也读朱维铮啊。”我强装镇定。

“不，这是罗宾的书。”

我们终于离开了书架，离开了那支淡巧克力雪糕。我再没有多看它一眼，但我分明知道它倔强地直立着，始终在目不转睛地盯着我。

“它现在安静多了，”坐进客厅的沙发，她对我说，“以前可不，它们会自己想办法从笼子里出来，结伴儿消失几天，也不知道去了哪儿，直到吃完了储备粮，才重新溜回来。”

“储备粮？”

“对，它们会将鼠粮搬运到秘密的地方。你知道吗，仓鼠习惯把食物塞进它们的大脸颊袋中，搬运存放到自己的洞穴里。有报道说，已经发现过多达90公斤储藏食物的仓鼠洞。”

这好像是她第一次将那支雪糕称为“仓鼠”。我陷入在巨大的震惊里，想象着“90公斤储藏食物”的那样一个规模，愈发地紧张不安。她看出了我的不适，又一次，像上次在老贾的会所里那样拍了拍我的左手。我将她的手握在了自己手里。

“其实我原来也很怕老鼠，”她这是在安慰我，“如果不是罗宾坚持要养，打死我也不会想到自己有一天居然会养一对儿仓鼠。可它们毕竟还是来了，被人从网上下了单，咣当咣当，坐了几天几夜的车，焦躁不安地出现在了你的生活里，你必须要面对这个事实。”

我觉得她说得在理，情绪舒缓了不少。是啊，我也是不知被什么下了单，咣当咣当出现在了她的生活里，于是，必须要面对这个事实：爱，欲望，啃噬一般的亲吻，生大蒜，以及硕大的令人毛骨悚然的仓鼠。

“我的确非常怕老鼠——”我们手挽着手，我觉得我是在温柔地倾诉，“怕到只要在纸上写下这两个字，都会感到恶心。可滑稽的是，我自己居然是属老鼠的。”

“罗宾，罗宾也属鼠，”她说，“这就是他用来说服我养仓鼠的理由。我属虎，显然就没法儿跟他掰扯要养只老虎了。”

“嗯，我们都是鼠辈。”这么说，我还感到了些许的宽慰，仿佛因此便具有了与她手挽手走上相爱之路的通行证，又仿佛，恐惧感也因之没了来由。

“你看到了，雪糕如今的状态有多糟糕。我其实并不关心罗宾的胖瘦，我是想，可不可以把雪糕送回到肉球的身边去呢？”

“没有想过把肉球接回来吗？”说实话，我并没看出那支淡巧克力雪糕有多糟糕。

“不！”她断然说。也不知道是没法那么做，还是那么做有着巨大的荒谬性。

上床前，她让我把朱维铮的书放回书架去，我这才发现，那本书始终被我抱在怀里。于是，我必须再一次走向它，走向一只仓鼠。我用眼睛的余光看到，它依然那么顽固地直立着，仿佛凝固的雕塑。

她喜欢拉开窗帘睡觉。是夜，她枕在我的胸前，又一次对着窗外流光溢彩的城市之夜说道：

“炫灿。”

城市之夜在一个“炫灿”的指认下，宛如倒挂的宇宙。我的世界就是这样被她崭新地定义了。我用自己的勇气证明了这一点。两个月后的某一天，雪糕从笼子里溜走了，她居然能够听到它神秘的呼救声。我们循声在衣柜里找到了身陷绝境的雪糕。它掉进了一道深邃的缝隙里，解救它，你得把衣柜拆掉。她把身子探进衣柜，伸出胳膊努力去够，总是差之毫厘。于是换了我来试试。这其实注定无效，我的胳膊怎么说，也要比她的粗。但情急之中，人是不讲理性的。我照着她的样子去做，努力将自己的胳膊变成一根柳条，我能够感到在那个幽深的所在，一只仓鼠求生的热望，它不断地蹦跳着，爪子一下一下地触碰到我的指尖，就像一个一个节制的“kiss”，每触碰一下，都有生动而热烈的律动叩响我的心门。

后来，我们想出了妙计。用一根鞋带系住一只塑料袋，坠入绝地。它成功地跳进了塑料袋里。当它被徐徐吊进光明之中时，有生以来，我第一次用手去碰触了一只鼠辈。没错，我抚摸了它。它有股沉甸甸的温顺。

我去给它抓鼠粮，那是干雏菊、香蕉片、枸杞、冻干鸡肉和面包虫干混合制成的精细口粮。我看着它疯狂地进食，一时没有留意她在我身后说出的话。她可能意识到了，追问我一句："你听到了没，小蚁？"

"什么？"我回头茫然地看着她。

她并不看我，眼睛望向窗外"炫灿"的夜色。"哪一天你要是离开了，就把它也带走吧。"

这一天原来并不是遥遥无期。在下一个春节还没到来之前，我们便分开了。我从她家楼上下来，衣服口袋里残留着鼠粮和忘记交还的钥匙。这场爱情让我变成了一个仓鼠专家，我从百度上习得，仓鼠的雌性和雄性都有多个伴侣，在繁殖季节，雌性仓鼠会寻找雄性的洞穴，在交配期间，交配塞形成并密封雌性的生殖道，阻止后来的雄性成功授精——重点是：交配后不久，雌性仓鼠经常将雄性赶出其领土。

我知道自己这么琢磨不合适。于是强迫自己换一个频道：仓鼠的视力差，只能模糊辨形，颜色只能分辨黑白。——那么，是她让我原本只能将世界分辨为黑白的视力领略到了“炫灿”。一这么想，我便感到痛苦不已。

我回到了自己的家，那感觉，就是一只悲伤的、落了单的仓鼠灰溜溜地回到了自己的洞穴。

果不其然，我开始了暴饮暴食的日子。短短一个月的时间，我胖了有十二斤。对此，我是心里有数的。我知道，我的重量是和悲伤成正比的，为了不被悲伤压垮，我的食欲必须增加。我重了的这十二斤，不过是我灵魂的铠甲。我想，这世上是没有一个所谓的“无尽的痛苦”的，那痛苦的峰值和极限，其实是可以称重的。那个峰值和极限，便是一个月里重达十二斤的痛苦。

最艰难的时刻，我尝试过吞食鼠粮。冻干虾和紫薯干口味的。我咀嚼着那咸甜交织的滋味，不免要去想象一个黑人男青年的味蕾。这没什么不可理解的，我们都属鼠，都曾历经与炫灿的分离。尽管，我从未见过他，但我们同为鼠辈。对于他，我知道的不少了。她热衷于对我讲述这位前任。哦，罗宾，那来自英格兰林肯郡北凯斯蒂文的黑汉子，中国政府颁予你有杰出贡献的国际友人的光荣称号，你有着四分之一的非洲血统和八分之一的蒙古血统，你的外祖母，喜欢读张贤亮的小说，虽然我不曾见过你，但是我如此熟悉你。

我生出冲动，去见一见罗宾，看看他可曾摆脱了十二斤的重荷。但我无法驱动自己，那十二斤已然完全拘囿了我，让我只能身陷在自己的牢笼里，闭着眼睛饕餮，睁开眼睛，眼睁睁地看着世界一天一天、一分一秒地从炫灿逐渐变成黑白色的。

幸好还有老贾。他在一个清晨给我打来了电话，劈面就向我索要："我的战国玉呢？赶紧地，给我还回来。"

昔日老贾绞索一般套在我脖子上的那件玩意儿，不过是一只日本产的便携式负离子空气净化器，我在胸前悬挂了一阵子，如今早不知道丢在哪里了。但老贾如同中了邪或者着了魔，他认定被我戴走的是一块无价之宝，开始无休无止地向我索还。他不分昼夜地给我打电话。我很难判断他是清醒着的还是在醉酒状态。说实话，我一如既往地有点儿怕他，他给我带来的压力，正一点一点将我的痛苦从身体里挤走。

“小蚁，实话跟你说，哥活不久了。”一天黄昏老贾在电话里带着哭腔对我说。

“别这么说，——哥，怎么了呢？”

“癌，癌啊！”

我想我是不应该再细究什么癌了。我得把他的战国玉还给他。

我打电话给麦吉。电话始终提示“对方正忙”，她这是将我的号码屏蔽了。我成了一个不折不扣的烂人，一个被雌仓鼠驱离了其领地的雄仓鼠。我只有挣扎着爬起来，拖着重了十二斤的、如今又混入了耻辱的痛苦出门。我想起来了，那只负离子空气净化器只能是落在她家里了，我必须给“活不久了”的老贾拿回来。

敲门之前，我像个贼一般地贴在门外听了听里面的动静。我既想听到点儿什么，又害怕听到点儿什么。我什么也没有听到，却分明听见了雪糕吱吱的叫声。我敲了门，随后，自己用钥匙打开门进去了。

雪糕还在老地方，我们百感交集地相互凝望了一阵。我从床头柜的角落里翻着了那件宝物，它放在她的一件黑色文胸里。我将文胸捧在鼻子上闻了好久。

按下开关，那只负离子空气净化器竟然还有电。我将它挂在了脖子上，把那道有着一颗金属标识球的绳扣推在衬衫的第二粒纽扣处——老贾交代过，“这是个讲究！”

然后，几乎是不假思索地，我在离开前从书架上拎走了鼠笼。并且，我还顺手抽走了笼子旁边的那本《音调未定的传统》。

坐在地铁里的我一定是惹人侧目的。一个胖子，膝盖上放着另一个胖子。我局促地垂着头，是一种自惭形秽的心情。鼠笼中有一只大约直径三十厘米的跑轮，做成了一个封闭的奔跑曲面，雪糕安静地伏在上面，一副自暴自弃的样子。它早已忘记了奔跑的滋味。车厢里并不拥挤，所以身边的人尽量和我拉开了一些距离。有个女人突然大声对她的孩子说：“北京发现了两例鼠疫感染者！”

我冒汗了。尽管挂着一只貌似依然能正常工作的负离子空气净化器，我还是感到有些喘不上气来。我只能提前下了车。

徒步走了三站路，我渐渐感觉好起来了。这样的一个念头也越来越清晰，让我忍不住要对着笼子里的雪糕说："伙计，熬到头了，你就要见到你的肉球了。"

它听懂我的话了，因为我看到它抽泣了起来。

校园里的路面在翻新，撅出的黄土裸露着，还没有铺上沥青，像是遭到了暴力的凌虐。梧桐树伸在空中的枝丫依然绝望。我并没有急着直奔"那栋咖啡色的新楼"，而是在一家超市给雪糕买了包锅巴。在昔日藏身的冬青后面，我将锅巴捏碎了喂它。我想让它有一个好的面貌出现在伴侣面前，尽管我知道它如今不好的面貌完全就是吃出来的，可我想不出其他的办法。这就是我们最深刻的困境，我们在大多数时候，只能徒劳地想着雪上加霜的对策。它依旧吃得疯狂，看得我难过万分。我想到了那天晚上我和她的蹲守，想到了下嘴唇被啃噬的滋味。

他是胖了还是没胖？我在心里面打着赌。对，现在，我希望他是胖了的，成为了一个黑胖子。这不仅仅是因为我渴望着四个肥胖的鼠辈相逢的那一刻，还因为，此刻我由衷地愿意，她能够赢得我俩之间的那个赌局。这是爱，我想，甘愿让她赢，这就是爱。

但是，这个爱的赌局，永无揭晓答案的可能了。也跟一加一等于二差不多："那栋咖啡色的新楼"里，压根就没有一个黑罗宾。

“没有，没这么个人儿。”大楼管理员，一位中年大妈诚恳地对我说。她把“人”说成“人儿”，无端地令人觉得可以信赖。

“黑人，来自英格兰林肯郡北凯斯蒂文。”

“没有，没这么个人儿。”大妈说，“只有一个英国人是从怀特岛上来的。”

“他有着四分之一的非洲血统和八分之一的蒙古血统。”我还是不能甘心。

“没有，没这么个人儿。”

“他有个外祖母……”

“小伙子儿，谁没有个外祖母啊。”

“对了，他养着一只仓鼠！”我举起了手中的笼子。雪糕也趴在笼壁上，翘盼着铁丝网外面的世界。

“更没有了，楼里绝对不允许养老鼠。”

“这个不是老鼠，是仓鼠。”

“啥鼠都不准养，严格着呢。”

“大妈……”

“大妈不会骗你，没这么个人儿啊，就是没这么个人儿。”

我在“那栋咖啡色的新楼”外又站了很久，直到它在暮色四合中露出“炫灿”的端倪。我重新走上台阶，把手里的鼠笼放在大理石的地面上。我打开了笼子，雪糕无动于衷地趴着，我只好倾斜笼身，协助它滚了出去，看着它迟疑、徘徊，向我投来质询的目光，最终敏捷地冲进了大楼，一溜烟消失在前厅辉煌的光晕之中。

在她和大妈之间，我别无选择地只能选择信任大妈。但我宁可相信，一切都是真的，只不过，那个真的世界，只对鼠辈成立。它会找到肉球，找到黑罗宾，找到过往不曾落了单的、结了伴儿的日子。

对此，我也试图想要跟她求证过。其后的日子，有好几次，我来到了她工作的社科院门口，也曾在她家的楼下逗留不去；我看到过她落了单的身影，也看到过她结了伴儿的身影。但是最终，我都没有迎着她走去。

“为什么？”

“什么？”

“压根没有罗宾，是不是也没有肉球？”

“是又怎样呢？”

是啊，是又怎样呢？无数次在心里这般演练过之后，我得出了这样的结论：我们都是被什么下了单，咣当咣当，坐了几天几夜的车，焦躁不安地出现在了彼此的世界里。没道理可讲的，你必须要面对这个事实。

每当城市的夜晚灯火亮起，我就会将她想象成身在一片“炫灿”中的样子，无论她是结了伴儿还是落了单，她都身在那种有着孤注一掷气息的孤单里，她不断地用意念召唤与驱离着伴侣，那是一种规模，而这规模，宏大到足以被称之为一个人的创世。那本《音调未定的传统》一直在我手里，算是一个她曾经真实不虚地存在过的确据，当然，也可以算是我从她的虚拟世界里窃取到的一个证物。因此，黑人罗宾一定也真实不虚地躲在某栋炫灿的、咖啡色的新楼里，用红笔勾出了书中的段落：

> 通观那以前的中国都市史，不论由于政治原因还是经济原因导致各自的盛衰荣辱，也不论那些盛衰荣辱过程或骤或缓，有几点是共同的或是相似的。

——那就是，在所有或骤或缓的盛衰荣辱的时代里，都市总会并存着多重的族类，对于某些结了伴儿或者落单了的家伙而言，还有另外的一支队列可资藏身，我们不妨将其称之为：鼠辈。

如果有一天我们相逢，我想，我要跟那条来自英格兰林肯郡北凯斯蒂文的黑汉子如此分享我的心得。

2019年12月7日

己亥大雪定稿

香都东岸

庚子故事集

人类的算法

不知道这双运动鞋穿在马琳脚上几天了，可能不会超过一周，刘宁想，周一返校时，女儿应该是穿着和校服配套的平跟皮鞋。但她并不是很确定，毕竟，谁会把孩子一周前的穿戴记在账本上？她用不经意的口吻向马龙求证，因为周一是他送的女儿。

“鞋？”马龙下意识看了眼自己趿着拖鞋的脚，“皮鞋吧，没准是运动鞋。怎么了？”

“没什么，”她说，“这孩子脚也长得太快了，都赶上我了。”

马琳在自己卧室，她想过，不如进去当面核实一下，但念头一闪即逝，快到都由不得她来决定，像是念头自己将自己否决了。她把运动鞋放进鞋柜，犹豫着是否重新放回地下室的储物间去，她想，既然女儿可以不打招呼地将这双鞋子据为己有，那么她也可以不打招呼地物归其位，让这件事来无影去无踪，仿佛从未发生过。

整个周末刘宁把自己交给了地下室的储物间。储物间连通着地下车库，层高差不多有四米，马龙用三角铁给里面打了整整两面墙的置放架，整理时需要踩着梯子攀爬。即便如此，长年累月，杂物还是越塞越多。置身其间，她感到自己身在一座仓库。这样的感受，延展着让她将自己的生活想象成了一家工厂。这也许不太准确，工厂，仓库，都是与居家生活无关的冷硬想象，它们所具有的“工业感”让她惊讶于自己原来竟将生活过出了这番气势。业已失效的过往以杂物的形式被封存起来，如同既往生活累积出的剩余产品。作为家庭主妇，她在周末盘点库存，好像也说得过去。其中有一部分专属于她，如同她在家庭工厂干下的私活儿，如今被搁置在一只硕大的蓝色塑料收纳箱里，放在铁架最上面一层的角落。她确定，那双运动鞋原本应该是收藏在这只箱子里的。

等到周一清晨，她提出自己送女儿返校。马琳坐在副驾驶位置上，穿着和校服配套的平跟皮鞋。副驾驶的座位常年最大幅度地移后，不是她坐就是马琳坐，母女俩一样，都有着标志性的大长腿。差不多所有人都会惊讶于她竟然有一个这么大的女儿，她们会被人当作年龄跨度稍大的姊妹，这让她小小的虚荣心得以满足。时间在她们这对母女的关系中失去了既定的效力，女儿在成长，同时她在逆向减龄。要知道，幼儿期的女童是无法被人当作她妹妹的，但当女儿成为了少女，她便从妈妈变成了陌生人眼中的姐姐。这很神奇，是上帝调皮的戏法，她常在心里暗暗喟叹。

从学校回来后，她又去了储物间。那双运动鞋原封不动地搁在塑料收纳箱里，让她怀疑这个周末自己经历了一场梦境，一切都不过是臆造的产物。但她知道不是，除了运动鞋凭空回到了原位，她发现，箱子还被明显地翻动过。她确信自己前一天叠放好的衣物变了层次，一件本来压在最下面的紫色卫衣，如今放在了最上面。之所以被搁置在了地下室的储物间，只能说明这些物品对她而言，于今已无实用意义，但长大了的女儿开始从这些弃物之中寻找适合自己的意义了。这原本没什么，甚至还颇为美好，可当她一旦意识到女儿是在“寻找”什么时，便感到了一阵窒息。有些旧物不堪被马琳翻检，这个意识浮现，让她不由得开始省察自己那工厂一般的生活究竟制造出了怎样的产品。她不能确定女儿会发现什么，因为她自己也难以确定，生活过后，自己是否真的会天衣无缝，经得起抽检。

晚饭的时候，刘宁告诉马龙：马琳开始私自穿戴她的衣物了，先是一双运动鞋，接着也许就是一件牛仔马甲或者羊毛开衫。她当然没有告诉马龙这几样东西都是七年前她穿戴过的，其实她自己也难以细究，为什么仅仅只是罗列了这几样东西。它们的特殊性，是时隔七年之后重新被唤醒的。如果生活真的像是一家工厂，那么现在与七年前相较，日子已经没有了连贯性，她已经转产了，至少她换了工作，不再从事国际贸易，如今是拥有执业资格的心理咨询师。

马龙一贯地不以为意。他就是一个对整个世界都不以为意的人，所以她才能将那些本该清除的记忆储藏在地下室的收纳箱里，才能这样跟他交谈本该规避的话题。她几乎知道他会怎样回应，他也的确就是这样回应的。

“这没什么问题吧，”马龙说，“她长大了，开始变成另一个你。”

她当然知道女儿长大了，上个月马琳还冷不丁地问过她是否考虑过离婚，她很是意外，认真地回答她，说她压根没这么想过。

“这不是问题的关键，”她说，“至少她应该征求我的意见。”她这么说了，也意识到并没有表达出自己真实的意思。

“没那么严重，你该感到高兴才对。”他说。

话题就此偏离。对此她已经习惯了，也知道问题并不完全出在他的身上。

礼拜五也是她去学校接的女儿。马琳热气腾腾地钻进车里，校服外套挂在双肩包的背带上，贴身的白衬衫上套着牛仔马甲。她尽量不动声色地问起这件马甲。

“哇哦，我忘记脱掉了，”马琳说，“一热就给热糊涂了。”

女孩的表情实在让她喜欢。

“你不会生气吧？我发现你的旧衣服都特别好看。”马琳讨好着说。

“你穿着还是会有点儿大。”

“不大，这么穿才好看。”

“也许你得先跟我商量一下。”她也不愿意把话题又说到这样的套路中去，就此对女儿展开一番尊重他人的教育，那很正确，但也真的很乏味。

“爸爸在电话里说过我了，我知道错啦。但你的衣品真的好棒，我也喜欢这种比较中性的衣服，我不喜欢穿成小女生的样子。”

“可你就是个小女生啊。”

“我不是，我不希望是。”

“你希望是怎样的呢？”

“我希望我看起来有点像男孩子那样，怎么说呢，我也说不好，我觉得男孩子好像更清爽干净一些，女孩子都黏糊糊的。”马琳说。

“噢，你是这样认为的。”她说。

“你有时候看起来就像个男孩子，”马琳说，“我觉得你很好看。”

她转头看向自己的女儿，热气腾腾的十二岁少女仿佛在散发着能够驱动火车头的热力。她伸手替她整了整牛仔马甲的领子。

“你有时候看起来就像个男孩子”——类似的话，曾经有人对她说过。她能够记起当时的情景。埃及，开罗，胡夫金字塔，狮身人面像。

那些年，她去过世界许多地方。她的个性与思维方式在许多人眼里都不太像是一个中国人，许是如此，国际贸易这样的工作对她才显得格外适合。公司是做纺织机械设备的，最初她负责人资，后来那“不太像中国人”的特质日益凸显，于是就负责去和外国人打交道了。这种职位的变动，在行业内部像是一个传奇。一个又一个的展会，从巴黎到杜塞尔多夫，从卡拉奇到开罗，自动络纱及传送系统，洗漂机械，面料处理机，粗纱机，倍捻机，以及研判潜在的进入者，上游供应商与下游买方的议价能力，替代品威胁，等等。

一年之中，可能一半时间她都处在倒时差的状态。好在她的适应能力不错，换上宽松的内裤，戴上眼罩，裹紧毯子，吃几粒强效褪黑素，她可以在飞机上昏睡十多个小时，口语水平当然也随之稳步提高。但她适应不了随时发生的调情。国内天南地北的参展商被专业公司组织起来整团出发，某个阶段，同行之间见面的次数多过和家人见面的次数。有意无意的试探弥漫在旅途，让人如同置身在褪黑素药力尚未完全消退的浑噩中，入住酒店后，甚至会有明目张胆的骚扰。这时候，她“不太像中国人”的特质就成为了短板，她学不会虚与委蛇，没法轻描淡写地圆场，于是发生过尴尬的局面，令整个行程都被负面的情绪所笼罩。“寒刘”，这是圈内人私下送给她的绰号。

总体上她是喜欢这份工作的，尽管那几乎算不上是跨国旅行，办理签证，过海关，登机，昏睡，落地，出海关，在大同小异的会展中心像个安装工一样地动手布置展位，撤展，然后倒着重复一遍来时的步骤——可看上去，也的确就是跨国旅行啊。有多少人一辈子都没走出过一千公里，她偶尔会这样想，意识到自己与那虚拟的“多少人”不同，这令她倍感欣慰。她倒并非一个乐于标新立异的人，庸常的生活，一度也是她的愿望，可是与对世界不以为意的马龙生活久了，她不免就要起意去感受世界。

出发前她一定会做足功课，读艺术史、宗教史这类的书籍，挑选与目的地气质匹配的音乐，尽管抵达后多半只能在酒店与展馆之间往复，但这些功课令一切变得不同，行程因此变得具有了内在的丰饶，她也因此摆脱了长达五年的产后抑郁症。

她组建了自己的团队，辞掉了难以合作的人，挑选了可以合作的人。难以合作与可以合作的标准其实简单，她只要求自己的属下真诚，那是她唯一看重的品质，还有，不能太漂亮，无论男性还是女性。她不喜欢过于漂亮的人，顽固地认为漂亮本身就是与真诚相违背的。

朱颖就不是那种漂亮的女孩子，但是真诚极了，有股子即便是错也要一错到底的劲儿。她从一堆应聘者中遴选出这个女孩，还有不为人知的私念。她不敢一个人住在异国的酒店里，在这一点上她非常胆小，没什么理由，她就是在陌生的空间完全无法入睡。而小巧真诚的朱颖，看上去像是一个不错的“房伴”。没人知道她的这个秘密，反倒以为她是在以身作则，替公司省钱。

谁谁谁太漂亮了，朱颖会这样对她评价临时被组在一个团里的某位同行，这等同于是在指认这个人的缺点，虚伪，浅薄，乃至于爱开玩笑，轻浮。这当然是有些投其所好，一个不喜欢漂亮的女上司，在一个不算漂亮的女孩眼里，有着巨大的感召力。当谈到自己心目中的男朋友该是怎样的时，朱颖说，他不能太漂亮。

“哪怕他是富二代也不行，”朱颖气鼓鼓地说，“官二代也不行。”

孔一亮就是这样的，既不是富二代，也不是官二代，并且，不是一个漂亮的男孩子。刘宁因此会有所警惕，不愿意看到自己的属下发展出工作以外的关系，那样会很麻烦，于公于私，都不恰当。她暗示过朱颖，也几乎是警告过孔一亮，好在这两个年轻的属下彼此似乎并不来电。

齐安生是团队的第四个成员，比起两个年轻人，四十多岁的他显得不可或缺。他有充分的经验，入行比刘宁早得多，这个老资格的中年男人不修边幅，一头灰发，竟有些像新加坡的总理李显龙，看上去总处在焦头烂额的情绪里。朱颖叫他大叔，说和大叔在一起，自己也不由得要跟着焦灼，总感觉出来没有关好家里天然气的阀门。齐安生并不介意，挂着焦头烂额的苦笑把工作打理得有条不紊。

刘宁对自己这个团队的组合感到满意，心里有时会不太恰当地觉得，这像是一个四口之家的模式。他们结伴飞跃了大西洋，结伴飞跃了太平洋。借此，她也部分地飞跃了背叛带给她的创伤。背叛当然只能是来自于马龙，令孕期中的她猝不及防，是马龙主动向她坦白的，用不以为意的态度。事情的严峻性与马龙不以为意的态度形成巨大的落差，晴天霹雳以云淡风轻的形式表现出来，于是都不太像是真的。她被塞进了严峻与不以为意的张力中，竟失去了正常感知的能力，她被这当头的一棒打蒙了，空空洞洞的痛苦很难被她认为就是一种痛苦。随着肚子一天天变大，事态逐渐平息，她仍旧无从区别悲伤与不悲伤的界限究竟在哪里，情绪与情绪的边界既像是被抻长了，又像是被压缩了，前一秒在莫名地笑，后一秒便可以无端地哭。

总归一切也被她看似不以为意地接受了下来，仿佛人面对世界时，只有这样的一种态度可供选择。哺育马琳这个无可回避的任务，给了她自我排解的出口，她将自己的状况归咎于产后的抑郁症。据说这种疾患的发病率在百分之十五到百分之三十之间，如此高的概率，真的是能让人长舒一口气，所有不堪的事实因此变得正当起来，你所经历的，是这个群体中接近三分之一的人都在经历的，这样的认知，真的是可以安慰人。

出国几趟后她找到了自己的节奏。每到一个新的地方，她总能找到可以自由支配的时间。工作间隙，或者是在大家午餐的时候，她会伺机溜出去，一个人在异国的城市漫无目的地徜徉。齐安生留在展台前她是放心的，焦头烂额的大叔会处理好所有让人焦头烂额的事，分发宣传册，演示设备，何况还有跃跃欲试的朱颖，她不在场，穿着正装的女孩子意气风发，工作起来积极性似乎更高，至于不多的体力活，也有孔一亮撑着。躲进卫生间，脱掉窄裙和高跟鞋，换上牛仔裤与帆布鞋，一旦从展馆溜出来，她便会自如地融进当地人的日常之中去。她丝毫没有游客的心态，仿佛自己从来就不以为意地生活于此，而那真实的生活，反倒像是悬置在了遥远的他乡。

她在孟买的街头给乞丐买过汉堡，那时当地好像正在爆发不大不小的瘟疫，展馆里的客商大多都戴着口罩，但在卫生条件显然更差的大街上，人们却毫无畏惧，世界由此变得不可思议，仿佛并行着许多截然不同的逻辑，而不以为意，则是最大的本质，她安静地站在街旁，看那裸着上身的人吃完一只汉堡；她在卡拉奇误闯过军事禁区，直到被几个大胡子的士兵用枪逼着离开，她才搞清楚那片小孩子正在踢球的操场竟然是一座空军基地。

世界被打开了，瘟疫，乞丐，持枪的士兵与空军基地。她感到了一己的贫乏，同时，也感到了一己的辽阔。

也有不同的时刻，中国团走到哪里都像是在过节，本来相互竞争的同行，却从来不乏扎堆觥筹交错的冲动，一天下来，早就约好的场子拉开帷幕，大家轮番做东，阔绰地把崛起的大国宣示给全世界人民看，将餐桌拼起来，长长地对坐成两排，大声喧哗和大快朵颐，似乎这才是他们异国之行的主题。尽管以“寒刘”著称，她依然是各方都乐于约请的对象，似乎是谁能请得动“寒刘”，谁就赢得了面子。实在推不掉，她偶尔也配合一下。她并非决然排斥这样的场面，并且也有能力应对得体，她只是无从让这样的热闹冲刷掉内心的块垒。如果真实的内心在大多数时候是可以被她忽略掉的，在这样的时刻，在热闹的涤荡之下，那些真实之物却犹如潮汐之后的礁石，反而在心中凸显了出来。

更多的时候，她都是带着自己的人马自行其是。这难免让她的团队显得与群体格格不入，有同行跟她开玩笑，说如果是长征，她一定就是带着队伍搞分裂的人。好在团队中的每个人都并不为此感到遗憾，相反，他们觉得这是一种风格，是可以为之骄傲的特殊性。在莱茵河畔的露天酒吧，朱颖向大家分享自己的感受，她说她很喜欢这种不去从众的感觉。

“都跑出来了，干吗还像是在村里吃宴席似的啊，”朱颖说，“非得现场杀头猪才尽兴吗？”

“你见过杀猪吗？”她有些吃惊，不太能够确定这个来自广州的女孩子会有这样的见识。

“我没见过，”朱颖转头问孔一亮，“喂，你见过的吧？”

“我也没见过！”孔一亮紧张地回答，好像是要急于撇清什么似的。

“大叔你肯定见过！”朱颖又转向齐安生。

“没见过猪跑还没见过猪哼哼嘛。”大叔焦头烂额地喝着啤酒，答非所问地说。

她突然大笑起来，是真的感到了开心，想一想，他们在莱茵河畔的月色下就这么说着杀猪的话题，真是多么开心的一件事。她其实希望大家也能来问问她见没见过杀猪，她也没见过，但是她有意愿去见识人类广袤的生活。她意识到了，只有将自己置身在更多未曾体验过的事物之中，她才能获得崭新的安慰。

这种感受她在杜塞尔多夫的集市广场确凿地体验过。黄昏中市政厅古老的建筑物披着霞光，突然之间，钟声毫无预兆地响彻天空。她觉得自己被骤然降下的重力击中了，一下一下，不是作用在耳朵里，是直接落在了她的胸口，于是发出了如此的回响。有一股力量，不是在敲着钟，是在敲着她。她被定格在了时间里，原地站着，闭起眼睛将自己想象成一只大钟，正在蒙受恩赐一般的撞击。她用手机拍了几张照片，并非想用镜头捕捉图景，而是企图记录下氤氲在这黄昏之中的感动。

回到酒店，她把这组照片发在了微博上。她的微博账号没有关注任何人，一百多个关注者应该也是被随机分配的，她无从想象，这世上的陌生人，干吗要去关注另一些陌生的人。她把这里当作了自己私人的空间，存放沿路的风景，记录只有自己懂得的心情。九张照片，她写了四个字：钟声响起。

夜里她睡得不是很踏实。一侧的朱颖打着呼噜，尽管轻微，但对此她也感到过吃惊，她无法理解，或者是无法接受，原来年轻的女性也是会打呼噜的，她不免要联系到自己，一想到自己没准也是会打呼噜的，一种生理性的不快就翻涌上来。睡不踏实，她索性爬起来去了趟卫生间，坐在马桶上，随手翻看手机。微博上有人给她发了私信：钟声在哪里？或者，至少该有个钟的影子吧？

她不禁莞尔，的确，自己发出的九张照片，看上去压根和钟声无关。她并没有去拍那座著名的钟楼，因为她的本意并不在此，她试图用镜头挽留住的，是那业已弥散在空气中的轰鸣。

她没有去琢磨这个提问者的身份，她从未在微博上与人交流过，此刻只是凭着本能般的反应，回复道：这并不重要。

"重要的是，你把我拍了进去。"

第二天清晨，她打开手机后，便看到了私信中留下了这样的一句话。

她还处在尚未完全清醒的时刻，一时间感到犹在梦里。她去翻看那九张照片，一张张点开，放大，照片定格下来的，是一些典型的德国人，他们在照片里过着自己不以为意的日子，浑然不觉已经成为了别人镜头里的风景。但她还是在其中找到了一个中国男子。他站在广场中央的那尊青铜骑像下，仰起脖子向上努力地张望。这尊雕塑她并不陌生，之前她做了功课，知道那是1711年雕成的约翰·威廉公爵像。而努力张望着雕像的中国男子，她却是全然陌生的。

她感到了紧张和不安，好像冒犯了什么然后又遭到了呵斥。他在镜头中原本是可以忽略不计的，压根与主题无关，但是此刻却显得突出而醒目。她把照片最大程度地放大，也只是能够大致辨认出这是一位年轻的男性同胞，穿着牛仔裤，衬衫的袖子绾在臂弯处，背着一只沉甸甸的双肩包。她认为他的脖子很有劲儿，这并没有什么充分的依据，她只是从那扬起的趋势中感到了一股动能。她点开了他的头像，看到的是一个普通的英文名字，Tom。他微博的第一条内容，也是九张照片，是不同角度下的那座著名的钟楼，下面的地理标记显示为：德国，杜塞尔多夫。

她慌乱起来，像是做下了什么不可告人的害羞事儿。但是她竟然做到了，抑制住了可以被理解的好奇，没有接着去仔细探究。退出微博的界面，她只是感到隐隐地有些害怕。

当天在展馆里工作时，她突然意识到，那走进她镜头里的男人没准也是一位同行，这样的话，一切就很好理解了，她能够溜出去闲逛，别人当然也可以。于是，她立刻觉得自己正在被人群中的某双眼睛盯视着。她举目四顾，却找不到那道目光。这一天她都因此变得警觉，也因为了警觉，她发现了朱颖和孔一亮的秘密。她去展馆的一角取咖啡，他们可能没有想到她会回来得这么快，远远地，她保持着警觉的眼睛看到了孔一亮的手正沿着朱颖的头发上下抚摸。朱颖微笑着，即便隔着一段距离，她也能看到那笑容的自然与柔美，充满了女孩子傻里傻气的漂亮的气息。她远远地看着，直到他们恢复到了常态才走回去，像是要替他们遮羞。朱颖同样也对她笑，她觉得这张漂亮的笑脸几乎就是虚伪，浅薄，过于爱开玩笑和轻浮的代名词。

刘宁明白，自己这么想是苛刻的，但她需要平息的不仅仅是瞬间的意外与震惊，还有一些更为尖锐的东西刺痛了她。她感到了嫉妒、欺骗与背叛，并且重新意识到自己封存在心底深处的不幸。

四口之家般的团队再也无法回到过去，只有她在承受着裂变。在她眼里，朱颖的所有行为都变得可疑。回到酒店，女孩子通常会有一段时间并不待在房间里，那么孔一亮呢，他和齐安生住在一起，而这位大叔习惯收工后独自在酒店的大堂里喝杯啤酒。她开始责备齐安生，让他改掉这个毛病，回酒店就应该抓紧休息。这个要求显然没什么道理，无辜的大叔因此愈发显得焦头烂额。果然朱颖也因此无处可去，女孩子看不出有什么异样，但她却觉得朱颖心事忡忡，连夜里的鼾声都透露出痛苦，犹如被困在了笼子里的小兽。她会因此感到一丝快慰吗？但她更多地却是在为自己隐隐的恶意而感到羞耻。

她只有将注意力转移到手机的微博上，开始在夜里翻看那个Tom的信息。没错，果然是位同行，公司在北京，至少在三个异国的展会中曾经与她近在咫尺，有些时刻，没准就住在同一家酒店的大楼里。

他喜欢跑步，喜欢外国音乐，“枪炮与玫瑰”似乎是他的最爱，他在自己公司里的层级应该不是很高，他是学理工的，年龄可能不到三十岁，他关注的人和关注他的人，少到聊胜于无，他用苹果手机，旅途中拍下的照片取景潦草，但也有可能蕴含着不为人知的美，他的个子不算矮，四肢匀称，上唇常常留着凌乱的短髭，那不像是有意蓄着的，只是因为懒得刮掉。嗯，所有的一切，都让他显得——不是很漂亮。

她觉得自己是在窥探他人的隐私，但这种不安很快被打消了，因为他也在同步翻阅着她的信息，证据是，他在她之前的一些动态下点赞了。她发私信给他，问他怎么会找到她的微博上来？

“地理位置显示后，微博会主动给你推送相同位置的网友。”他回复。

这个答案让她有些失望，原来一切都是被应用分派着的。

“你的照片和钟声无关。”他显得固执，一再追究这个问题。

“它正在回响，我想记录下来。”她回答。

“那你应该录音而不是拍照。”

她感到好气，不再回应，但是当天夜里，她和他互道了晚安。

第二天在展馆她没有等到什么奇迹，对此，原本她也并不期待。她没有再四处张望，回到自己不以为意的平静里，与往日不同的是，她只是注意让自己的仪态更加挺拔。

他们面对面是在半年以后。半年来，她和他断断续续地通过微博私信交流，说说行业内的话题，彼此分享一下觉得不错的音乐，他跟她抱怨过职场晋升的不公，她也乐于给他一些建议，她比他大得多，但这并非她扮演导师角色的根本原因，她只是从这样的交流中获得了对于自我的认同，用来建设自己摇摇欲坠的自信。他并不开朗，甚至有些过于阴郁，看得出，他没有太多的朋友，她专门看过，他在微博里只关注了150个人，其中绝大多数还是那些公众红人。他的自尊心挺强，自视也不低，像一个空有一身抱负的落魄英雄。他叫谭展，二十七岁。他没有问过她的年龄，但是她确信自己向他传递过真实的信息，已婚，孩子还小，或者他是理应掌握这样的信息的。渐渐地，他们习惯于互道晚安。

这一次，她只身从雅典飞到了开罗，两场展会连在了一起，她留下团队的其他成员收拾摊子，自己先去下一站打前哨。对于朱颖和孔一亮，她已经放弃了干涉的冲动，以不以为意的态度接受了隐晦的事实，她自己都为自己的宽宏而感到讶异，心想这些日子以来，必定有什么因素在改变着自己的准则。两个年轻人始终不露痕迹，有时候看起来还彼此厌烦，这实在了不起，让她对人性的深不可测感到迷惑。

时间相对充分，她去看了金字塔。寸草不生、遍地黄沙的平野上，古老帝王的陵墓让她感到惆怅。她没有像一个标准的游客那样热切地去靠近，烈日当空，她用丝巾裹住自己的头，只将视野中的一切当作了背景，远远地与之擦肩而过。她来过了，进入这奇异的场域里了，她认为这样就够了。

入住的酒店就在尼罗河畔，站在房间的露台上可以眺望到那条宽阔的大河，附近清真寺里的宣礼塔传来悠扬的祷告。这一切都因为夜晚的到来而失色。她打开房间所有的照明设备，将被子构建成一座想象之中牢不可破的城堡，却依然感到害怕。就是在这样的境遇下，她看到了照片里的自己。

他的微博更新了，最新的一组动态同样是九张照片。每一张，都是她的身影。她是照片中完全的主角和焦点，著名的胡夫金字塔与狮身人面像，乃至著名的世界，都不过是景深之处的陪衬。她被空前地强调着，孤单，忧郁，纱巾与墨镜都掩藏不了的落寞。两千多年前人类创造出的奇迹，将这一切衬托得令人无比感伤。

“你在偷拍我。”她发去私信。

“你也曾经这么做过。”他飞快地回复过来。

“你有时候看起来就像个男孩子。”半天得不到响应，他接着说。

她审视别人镜头里的自己，牛津衬衫，直筒裤，帆布鞋，看起来的确是中性的。那么他就在近旁，当然也是来参展，像她一样，先去观光了著名的胜地，或许，此刻就住在同一家酒店里。她发出了一组数字，宛如一组密码，其实是她的房间号。她是平静的，那种不以为意的心情并未被过多地扰动。她不过是在打一个赌，在这世界上最古老的城市的夜晚，用一组阿拉伯数字，去和冥冥中的什么对赌。

不久，她的房门被敲响。

他的脖子的确非常有力。她在黑暗中鉴定了自己最初的想象，她的手指在他的脖子上环绕不去，触摸到年轻男子生命蓬勃的律动。

“我没有太多的朋友，嗯，几乎是没有朋友。”

不知为什么，后来他们说起了这样的话题。

“我也是，”他说，“否则我们也不会形单影只地到处瞎走瞎拍。”

不是形单影只，也不是瞎走，不是瞎拍，没那么简单，这里面，有着无从说明的更为宽广的东西。她想纠正他，但她没有出声，手指摩挲着他的脖子。灯始终是关着的，她不愿被他看到腹部剖腹产后留下的疤痕。

“这没什么问题，”他说，“人并不需要，也没有可能拥有太多的朋友。”

黑暗中能听到尼罗河的水声。他给她讲了一个定律，声音显得空旷而遥远，他说数字150代表了人类认知能力被允许承载的极限，只有在这个极限之内，你才能以一种富有社会效益的方式记忆和回应他人，因此，这个定律是人类社交野心的制动器，人际关系不断增多，只能导致超载，而超载，就意味着翻车。他说这个著名的定律，来自英国人罗宾·邓巴。

“这就是人类的算法。”他说。

听起来有些玄奥，却也不无道理。以数字来运算受限的生命，让她想起了自己产后的抑郁，那时候，她将自己计算进了百分之十五到百分之三十的队列里，以此获得了一种“当你身在一种普遍的痛苦之中，你就可以不再那么痛苦”的慰藉。用冰冷的数字来解释和运算人性的本质，那很残忍，但却有效。寂静中，她想，那么他们就是彼此的一百五十分之一。

他在黎明前离开，回到自己的团队去。她起来整理房间，看到沙发上他遗落下的牛仔马甲，在悠扬的祷告声中，她将马甲整齐地叠放进自己的行李箱中。

无可回避，他们要在现实中彼此面对了。接下来的两天展会，他们相遇了数次，两家公司的展位距离很远，但两个被运算在了彼此定律中的人，邂逅的概率便跟着递增了。没有刻意，或者是没有特别的刻意，他们在咖啡机前、在电梯口碰到，互相礼貌地笑笑，或者干脆装作视若无睹。

“下个月我要去跑西马。”他在私信里说。

西马就是西安马拉松赛，西安是她生活的城市。

一个月后他果然来了西安。她去酒店看他，心情忐忑得如同回到了少女时期，紧张得几乎要喘不上气。无论怎样，她认为这样的感觉都要好过不以为意，她知道自己被调动起来了，重新对世界报有了新鲜的盼望。距离赛事开幕还有三天的时间，他解释说自己需要提前适应一下环境，天气，风速，甚至还有湿度，听上去这很专业，是她所喜欢的。她陪着他去训练，在酒店附近的一所高校，他们找到了合适的操场，当他从自己的训练包中拿出了那双运动鞋的时候，她几乎要哭了。鞋子是给她的，是专门买给她的。

“一起跑吧。”他说。

她真的是被打动了。她已经忘记了什么时候被人这样对待过，也许，她还觉得自己从来就没有被人这样对待过。一双运动鞋，那不像一块蛋糕或者一束花，一块蛋糕，即便你喜欢的是芝士口味，巧克力口味的你也吃得下去，一束花，即便你喜欢的是玫瑰，向日葵你也可以容忍，可一双运动鞋，她39码的脚绝对穿不进其他的尺码里去。这里面就是恰当与用心，是不以为意的反面。脱掉外套后，他露出了肩膀上的文身，是一只简笔的猫，让她心里暗暗吃惊。他们在操场的跑道上慢跑，他简直是专业级别的，她当然没法跟他比，但她用尽了自己所有的力气。

那是无比美好的三天。

赛事当天她没能去现场，马龙的姐姐来了，她得在家里招待客人。她打开了电视，热切地关注着屏幕上的直播，人山人海，她看不到他。

“2小时57分15秒，我跑出了自己最好的成绩。”赛后，他第一时间给她发来了私信。

她不知道这组数字意味着什么，只觉得再次被运算进了无从猜度的宇宙规则里。

接下来他们在莫斯科重逢。三天展会，彼此没有实质性的接触。从展馆溜出来独自走在红场的时候，她几乎想要联系他，让他也溜出来陪伴自己，但是她没有。她在展馆里看到过他，他和一位女性打着手势交谈，穿着西装，头发凌乱，神情甚是压抑。起初她有小小的妒意，但很快就开始同情他。前一个晚上他在私信里向她抱怨过自己上司的蛮横，觉得自己受到了嘲讽和不公正的对待，语气中流露着愤恨。她想，自己现在看到的这位女性，就是他眼中那位魔鬼一般的上司了。她不知该做些什么，其实也明白什么都不该做，她只是有些不适，为他现实中怯懦而卑微的样子，还有在私信里才敢宣泄出的并不可信的怒气。她感到无能为力，默默走回自己的展位，她想她应该对自己的属下好一点。

返程时，在谢列梅捷沃机场他主动来找她了。那时已经过了海关，参展的国内同行各自为战，一堆一堆地聚在一起。她正在经期，身体格外难受，在卫生间整理一番出来时，迎面看到了他。他是专门等在那里的，迎过来，将自己的一件羊毛开衫披在了她的肩上。

“你的脸色很差，”他说，“别冻着。”

“好。”她回答。

他对着她的目光，但她缺乏迎着他看的勇气。他转身离开，这时候戏剧性的一幕出现了，一个急冲冲跑进来的女孩子跟他撞了个满怀，竟然是朱颖。他顿了顿，无声地走开。

“嗨！”朱颖看到了她，惊魂未定，指控一般地对她说，“这是个同行，也在这次展会上。”

她沉默着，双臂将羊毛开衫的前襟拢在怀里。朱颖似乎是上下打量了她一下，也许并没有。

“他好土噢。”朱颖嘟哝着进了卫生间。

有那么一个瞬间，她有追进去痛斥一番朱颖的冲动。

再下来，她去了他北京的家。国际航班基本上都是落地北京的，这一次是她主动提出来去看看他。她是从首尔飞回来的，登机前，像是一个下意识的行为，她在免税店给他买了一部三星剃须刀。他来机场接她了，开着一辆也许是借来的越野车。一路上她都不怎么敢看他，他应该也有些紧张，但表现的方式不同，紧张反而让他的态度显得比较强硬。他并不温柔，也许是担心她被风吹到，但是让她升起车窗时，口气却像是下了一道命令。他住在一栋老式的单元楼里，房子是他父母单位分配的福利房，他对她说起过，他的父母是一对知识分子，搞科研的，如今住在京郊的新居。

“他们总是逼着我结婚。”他说。

她没想到他还养着一只猫。

“两米外。”他说。

“什么？”

“它的名字，”他解释说，“两米外。”

晚饭是她动手做的，食材有限，她只能因陋就简炒了西红柿和鸡蛋，还有火腿肠炒木耳。吃完后，碗也是她洗的，他歪在一张半旧的沙发上抽烟，那只猫也歪在沙发上。对此她感到了些许的委屈，不是计较，她知道自己并不是计较，但就是感到了不开心。

“嫁给我吧。”夜里他在黑暗中对她说。

她没有作声，心中是150，百分之十五到百分之三十，以及渐渐奔涌而来的数字的矩阵。

第二天清晨，她听到了电动剃须刀的蜂鸣从卫生间传出来，那声音很枯燥，一如她还没有挣脱的沉睡感。这一刻她才感到了陌生，还有一点儿难以说明的沮丧。临走前，她在卫生间找到了那部崭新的剃须刀，掀开刀头，将里面蓄积的胡茬倒在一张纸巾上，包好，放进了自己的衣兜里。做完了这一切，她抬头看到了那只叫两米外的猫，它伏在马桶盖上，离她顶多半米，并不友善地盯着她的一举一动。她的确受到了惊吓，觉得自己一瞬间变得有些僵硬。

这年的秋天朱颖结婚了，让人万万想不到的是，她嫁的人竟然是大叔齐安生。

“他们就是一对狗男女！”孔一亮在电话里对她控诉，显然，小伙子已经失去了理智，“他们早就在一起偷情了！”

她感到一阵耳鸣，胸口像是被重重踹了一脚。“偷情”这两个字太凶狠了。

“他们合着伙地欺骗我们，把我们全都当成了白痴，”他继续歇斯底里地揭发，“在国外他们甚至找机会钻到机场的厕所里去干！”

她觉得自己也快要崩溃了，那些黑暗中黑暗的纠缠，人性中最丑陋的东西，让她觉得像是被一道绳索勒紧了喉咙。

“狗，他们就是一对狗！”他喊。

她决定躲避，躲避的方式是向公司提出了离职的申请。她在微博里私信谭展，却没有得到及时的回应。她想给他打个电话，才发现除了微博，原来他们之间居然没有任何其他的联系方式。她不停地刷他的微博，看到的是他至少有一个多月没有更新过了，她意识到，这也是他们中断联系的时长。她感到恍惚，看着他的关注——那150个人的数字。她去核对了，150个人中，与他真正有关的，可能不足十个人，一一判断，应该都是他的同事。他的确是一个孤独的人，即便加上那只叫两米外的猫，他情感的需求也远远没有凑齐上帝分配给人类的份额。

公司的答复下来之前，她和马龙带着女儿去了趟三亚。这是少有的事情，不知道马龙受了什么刺激，突然提出这样的建议。在三亚的海边，她收到了他发来的私信。

当时的阳光很好，海风很好，马龙和女儿泡在露天的泳池里，一切都很好。她觉得这条私信熟悉极了，想了很久，才想起马龙在她孕期时向她坦白自己有了外遇时的情景。

“我结婚了。”

就是那种不以为意的直率，如同是在陈述一组数据。

她盯着手机看了半天，漠然地发现那数字150变成了149。他删除了一个数字，给人类关系的上限腾出了一个余额。她没有一个关注，即便系统自动分配给她的，她也从来都像是有深度洁癖般地来一个删一个，现在，她没法给自己删减出一个负数。于是她只有将微博都删除掉了。

保姆将马琳从泳池里抱出来了，湿淋淋地交给她。她紧紧地将这五岁的女童搂住，不是150，不是百分之十五到百分之三十，她是将百分之百的无数的自己搂在了怀里。

离职后，她通过努力获得了心理咨询师的执业资格，面对求助者，她善于用数学那纯粹理性的方法运算出解救之道。她感到自己的意志一天天变得坚定，仿佛另辟蹊径，在通往人类解放的道路上找准了自己的步子。她认为自己是可以给需要者提供方案的。

然而这份信心在马琳这里却经常失效，面对女儿，她难以用观念指导自己的养育。她只能默默地看着马琳穿着她的运动鞋，穿着她的牛仔马甲，穿着她的羊毛开衫，热气腾腾地长大，直到盛装步入女孩自己生命的那种受限的数式里去。

“我才不会去做那种黏糊糊的女生，”马琳说，“我也对男生没什么兴趣。”

她觉得这样也不错。

有一回她下到地下室的储物间，爬上梯子，在收纳箱里找到了那包被纸巾包裹着的胡茬，打开看过之后又重新包好，攥在手心里发了很长时间的呆，最后还是放进了一件紫色卫衣的口袋里，把衣服叠整齐，认真地放回收纳箱中。她并不是刻意地想要藏匿得更加隐蔽，不，并不是。

2020年2月22日凌晨

庚子正月廿九初稿

2020年2月23日23点

庚子二月初一定稿

香都东岸

庚子故事集

掩面时分

形势依然严峻，我竟和姜来见了一面。

即便被旷日持久的疫情折磨得日渐麻木，走上街头，还是会略觉不安，心中有股顶风作案般的、生动的刺激感。

看上去，这次见面没什么必要性，我和姜来之间的友谊，就算在正常时期也谈不上特别深厚——我们做同事的经历，都是三年前的往事了。是她主动联系的我，在微信里用语音邀请我出门吃顿饭。本来寻常的事情，如今都变得非同寻常。这“吃顿饭”的邀约，现在就像是拉着你一同去赴汤蹈火。可我没怎么迟疑就答应了下来。

也许的确是因为快要被关疯了。但我知道，促使我赴约的理由一定没这么简单。我只是无从将那种复杂的线头摘清，于是只有将其甩给最轻易的理由。人类行为线索的乱麻，基本上你自己都是理不清的。你不知道自己究竟为何冒雨跑到了空无一人的街上，你也不知道自己究竟为何在某个夏天的黄昏打起了寒战。你不能直视自己，既无那样的勇气，也缺乏超然冷静的神禀。更何况，如今世界都陷入在了空前的迷茫里。

丽都广场前的露天餐吧我并不陌生，三年前，我和姜来供职的那栋写字楼就在近旁。远远地，当我望到餐吧支起的遮阳伞时，心里居然涌动起一丝慰藉。昔日重现，那滋味，就是重逢某个久违了的东西，而这个东西，此刻对你具有连你自己都未曾擦亮过的意义。“久违”与“意义”，三个月前，无论如何我也是没法跟这家露天餐吧联系在一起的。因此我还放慢了脚步，不过是想延宕内心这种新鲜的、令人有些目眩的感受。

姜来已经坐在一张桌子前了。她要了杯水，在我看来仅是为了理直气壮地用水杯给世界一个摘掉口罩的理由。我从她身边绕过，坐到她的对面，一时间不知采用怎样的方式启动这个非常时期的谋面。还好，我也摘下了口罩。这简直是非常时期最高的礼仪。

两张一览无余的脸，竟让我们彼此都有一瞬间的尴尬。

我有些不自然地对她说：“周末好。”

她也有些不自然地笑了，问我："今天是周末吗？"

我一下子拿不准了，好在她紧跟着也回了我一句："周末好。"

我听出来了，其实她也是拿不准的。这有些美好。当大家对世界都拿不准的时候，世界一下子就显得没那么奇怪了。

她显然是精心打扮过，在我看来还有些过分精心，以至于都不太能和我的记忆对上号。三月末的天气谈不上温暖，可她已经穿着条紫色的纱裙了。

"不冷吗？"我说。

我控制了语气，但我仍然感到自己有可能是要冒犯到她了。

"还好。"她答道，表情反倒像是担心自己光着的小腿冒犯了我。

大家都有些心照不宣的小心翼翼。我又一次感到了有些美好，随之还找到了另外一条此行的动机，那就是，人和人交际时这种微妙的迂回与躲避，亦是我愿意重温的旧时滋味。

不曾想到，我们竟是从口罩聊起的。上帝知道，三个月来，口罩已经成了我不折不扣的噩梦。没错，我就职的公司的确在从事医疗器械的国际贸易，但这并不是我的错，那只是一份糊口的工作，和从前我们一起卖保险没什么两样。我不该承受如此蛮横的摧残——我们这个行当一夜之间成了风口浪尖上的重灾区，全世界的人都跑来跟你谈口罩，有口罩卖吗，或者买口罩吗？这买和卖的背后，是你以前完全无从想象的量级。不到一百天，从我口头周转的口罩大概有几亿只，然而事实则是，几亿只虚拟的口罩充斥在我的艰难日子里，让我焦虑不堪，但迄今却没有一只有效地兑现在现实的交易中。

此刻，面对又一个说出口罩的人，我知道了，原来我顶风作案般地跑出来，最大的动机不过是为了暂时逃脱那令人绝望的荒谬。

“全世界都在倒霉，只有你们这行因祸得福，”她并不像是调侃，反而像是要令我开心的样子，“你卖口罩都卖到手软了吧。”

“都这么认为，我要是跟你说，我实际上却降薪了，你会信吗？”

我勉力想要给她做出点儿解释，尽量用舒缓的口气，跟她说说沉船时刻甲板上没有哪只烟囱会幸免什么的。但我说不下去了，感觉胃液已经翻涌了上来。

我的表情让姜来认识到了问题的严重性，她替我叫了杯柠檬水。

“呃，这个我的确不太了解，”她说，“嗯，你是有些消沉。”

这话我还是接不上来。我何止“有些消沉”，而且听上去好像从前我不消沉似的，那并不符合事实。

好在姜来没有等着我回应她的意思，飞快地转移了话题。她告诉我这段时间自己成了家里的全职保姆，照顾一个不足周岁的女婴足以让她无暇顾及轰轰烈烈遭难着的世界。听上去，她不是在诉苦，是在向我炫耀自己的幸运。我装作饶有兴趣，心里做着换算：如果在一个女婴和漫天的口罩之间做出抉择，此刻我会投奔怎样的生活？这很难，真的很难，不是因为两者都对我构成恐吓，而是我意识到了，世界给予你的选项原来就是没得选，要么你去面对女婴，要么你去面对口罩。这个发现令人松了口气，我想，这可能也是姜来约我见面的愿望所在，共享一下自己的困境，赋予困境某种“庆幸”的色彩，于是分摊掉实实在在的重荷。

在我们昔日的交往中，就曾经如此共享与分摊过。那时我刚刚毕业不久，拿了文学硕士的文凭，却只能跑到保险公司谋职。我天真地认为，学以致用，至少我可以用被文学史训练过的笔法去胜任一份文秘之类的工作，孰料直接被安顿到了实打实去做业务的岗位上。那是一个厮杀的疆场。我以为这很不幸，但姜来却让我相信这是幸运。她比我大七岁，当时在我眼里都算是一个长辈了。尽管和我所学的专业相同，她手里攥着的，却是博士文凭。博士都不用对硕士过多解释，在她的共享之下，我很快觉得没有被安排去做保洁已经是中了大奖。她从安徽来到北京，不用说，是上了某个男人的当，人生一下子被悬置在了古怪的区间里。她不能抽身了，只能顽强地浮动在好像是被规定好了的引力当中。她要留在北京。这里面肯定有赌气的成分，似乎要如此证明点儿什么。对此，我向她部分地分享了自己的境遇：与她的方向相反，我那时最大的目标是将自己从北京发射出去，无论是哪儿，安徽也行，火星当然最好。我有一个后父，麻烦到像所有麻烦的后父一样。两个目标南辕北辙的女人交会在了同一栋写字楼里，彼此分享了秘密，这个事实对我有效，我想，对她大概也起到了疗愈的作用。

卖保险原本也算得上是一份体面活儿，可谁都应该明白，世界上所有的体面活儿都不是那么实至名归，它们肯定会跟你想象中的不一样，跟教科书上的不一样，跟电视剧中的更不一样。当年我们被组织在同一个团队里，收入是以集体业绩来考核绩效的。姜来的业务量比我多，尽管也只能算作是差强人意，但我总是觉得我在很长的一个阶段里，不仅分享着她的秘密，还分享到了她的劳动果实。我将自己视为一个不劳而获的受惠者，不免对她怀有隐秘的感激之情。因此，我还有种从业的不洁感，这种“不洁”之感，一直贯穿到了今天，不出意外的话，还将是我职业生涯毕生的滋味。就像现在，谁能想到呢，我这个医疗器械的国际贸易从业者，不过是在兢兢业业地做着虚空的数字游戏。

“我可能不该跟你扯这些。”姜来终于意识到了不妥。

我好像一直在等待她的这个意识到来。不同的是，我并没有觉得她有何不妥。就是说，我并没有感到不适，我只是认为她应该会有可能意识到她所说的话题将引起我的不适。所以我就不动声色，在等着她的这个意识降临。

三年前姜来陪我堕过胎。你瞧，现在谈论一个女婴，对这段往事有可能构成影射。

医院是她替我选的，以我之意，本来是想找个小诊所了事。这里面当然有捉襟见肘的经济考量，但事后我审视过内心，承认还有某种自弃与自毁的冲动在唆使着我。从手术室出来后，姜来陪着我在空空荡荡的医院走廊里坐了很久。她坚持选择了这家费用昂贵的医院，和我一起在黄昏中感受走廊高耸的立柱投射而下的粗壮倒影。昂贵当然有昂贵的道理，我是没有见过哪家医院的空间奢侈得宛如圣殿一般深阔，连柱子都做成哥特式的风格。外面已经是盛夏的季节，我们置身的圣殿温度适宜，肯定谈不上寒冷，而我却打着剧烈的寒战。说起来这很好理解，我刚刚被掏空了。但这肯定不是唯一的原因，它只是更显而易见。

她握着我的手，劝慰性地对我说出一些令人咋舌的知识。男性的精子对女性来说是异性抗原，按照移植学说，这个外来的抗原会受到排斥，绝大多数女性怀孕后并没有流产，原因是母胎免疫耐受机制的存在发挥了作用，但是，如果这个机制不够完善，那就可能会出现流产。她当时就是这么告诉我的。可这跟我眼下的处境有什么必然的关系呢？我想，她事先一定专门补了课，否则她不可能如此专业，即便她是一个文学博士。她也的确像是在背书，脸上是知识未曾消化过的费劲表情。

“还有另外一种状况，”她认真地说，“那就是偶发性流产，发生了自然淘汰，淘汰率达到百分之五六十。”

这很神奇。不是吗？我不能确定她的科普是否准确，也不能确定自己是否真的准确理解了人类生育的规矩，我只是觉得自己被有效地说服了。既然那是一个高达“百分之五六十”的人类事实，你还有什么理由继续打着寒战呢？“自然淘汰”这个词发挥了效力，那就像是在说花开花落与春去秋来，是在说自然那庞然的意志与你那只能的逆来顺受。就算你刚刚经受的，是一个血淋淋的非自然掏空。

我拿不准自己是否曲解了这堂生殖课的真谛，就我当时的理解，我认为有许多流产是在连你自己都不知道的情况下发生着的。自然在悄悄地搞着神秘的平衡，这赋予了事情不由分说的色彩，它在源源不断地淘汰着胎儿，女性的身体不过恰好是一个搬运现场。这样的认知，一直保持到了今天。

那天黄昏，我在夕阳的余晖中渐渐平静。姜来始终把我的手握在她的掌心，循循善诱。我从未对她表达过谢意，就好像我们不曾想过要对大自然表达点儿什么。直到有一天我不告而别地离职。

是的，在大多数时候我都显得冷漠。但我知道，这只是当我必须向世界描述自己时，能够用来保护自己的最安全也最廉价的一个说辞。我知道自己有多么不讨人喜欢。除了将一切推诿给那天赐的性格本身，我没有力量与胆识坦陈自己所有的深情或者绝望，当然，也有愚蠢和贪婪。

我们那时就是处在这种不温不火的友谊里。有时候一起在天台上抽支烟，有时候一起在丽都广场前的露天餐吧吃顿饭。她原本并不抽烟，是跟着我才染上了恶习；我原本也对意大利面毫无兴趣，跟着她，才开始觉得原来也还不错。现在盘点一下，我觉得我从两个人之间的友谊中获益更多：我教会了她一个恶习，她拓展了我的味蕾。何况，那时的饭钱基本上也是她出的。这个认知此刻令我惭愧，我想要对她释放出适度的善意与热情，如果有可能，我还想向她道歉，请她原谅我无可救药的冷漠，并接受我笨拙的示好。可是我真的不知从何说起。

戴着口罩的服务生端来了食物。原来她在我到来之前已经提前点好了。这没什么问题，本来就是简餐，薯条，鸡翅，意大利面。从前她就是这么干的。

“保险餐。”我脱口说出了自己的心里话。

“什么?”姜来显然听不懂，“噢，应该是保险的，现在能被允许营业，应该就是保险的。”

她会错意了，我并不是在担心食品安全。“保险餐”只是我从前在心里对这组食物的一个命名，除了对应着彼时我们从事的行当，还隐含着某种内心的感受，它代表着妥帖，恰当，心安理得和不事声张。由此，你该明白为何意大利面会让我觉得也还不错了，因为它介于可口与难吃之间，刚好是一个能够下咽却也能够微弱奖赏你味蕾的口感。谁都吃不下太难吃的东西，但我的舌头也消受不了过于丰盈的犒劳，那样会吓到我，让我觉得自己是在染指不切实际的幸福。所以遇到团队聚餐的时候，我基本上都会找个借口缺席。姜来却不行，她的年龄在我们当中算是大的了，于是就承担了团队成员对她“大姐”的预期，十有八九，大姐姜来都会配合着大家的兴头。无论谁做成了单子，大家都要去找地方集体庆祝一番，吃顿火锅，或者烧烤，这个不成文的规矩，发展到后来，没有单子，有了意向，也得去吃一顿。我因此承受了更多的难堪，婉拒时难堪，第二天见到大家时，也无端地难堪——仿佛每一个人的嘴上都还泛着油光，而这油光辉映着的，是对于一个孤立者的讥讽。

“我一点儿也不担心它的安全。”我抓起一根薯条塞进嘴里，脑洞大开地对姜来说，“它们就像杰西卡一样安全。”

“杰西卡？”姜来怔了一下，马上反应了过来，皱着眉阻止我说，“你最好还是别用手吧。”

杰西卡也是我们曾经的同事，是团队里最小的成员。她那时刚刚本科毕业，学的是金融。她来卖保险才是真正地学以致用，但实际上，却比我这个学中文的都更像是入错了行。她太独特了，总是让人感觉处在一种行将闯下弥天大祸的紧张之中，本来并不很白的皮肤，由于神经紧张的缘故，常年像是涂抹了不太均匀的粉霜。我用了不短的时间，才把自己心里的感受对上号——杰西卡看上去像一件树脂做的、那种所谓的前卫艺术品，不能简单地以美或者丑来理解，但是有强烈的感染力。和你说话时，你会感到她随时会哭泣起来，泪光在她的眼睛里闪烁，让你难以判断这是事实还是幻觉。要知道，你跟她谈论的可能只是早餐吃了点儿什么，这并不构成哭诉的理由，可她的确是发出了哭腔，于是你只好跟着陷入到紊乱里，开始怀疑是不是自己出了问题。她和大家的交流几近于无，谁都不想惹她哭，以至于“杰西卡”这个英文名字完全抹去了她的本名。大概每个人都琢磨过，如果你非要去向她求证一个中国名字，势必会搞出惊天动地的哀恸，她会哭泣，直至在哭泣中融化。大家的心里有着共识：紧张不安的杰西卡却是团队里最安全的那个人。只要你别去多跟她说话，她就是空气一般无害的存在。

既然说到了安全，只能说明不安才是那个小团体中最普遍的情绪。警惕让每个人的寒毛都耸立着。当大家被以团队精神的名义组织起来时，也只能说明充满敌意的竞争才是最大的事实。我也被人从手里抢走过单子，也被客户下流地侵扰过，个中曲折，肮脏到我都不愿再去回忆。但我能够记得有那么几次，因为羞辱之感，我跑到天台上去不可遏制地呕吐。这让我害怕，除了呕吐，从天台上纵身跃出的冲动也伴生而来，那可绝不是个形容和比喻，既然呕吐已经是纯然的生理性行为，那么跳楼也就极有可能不再止步于一个念头。我甚至会这么认为：公司将杰西卡安排在这个团队中绝对是一个英明的决策，也许，在每一个团队里都会有一个杰西卡，她的无害，就是用来舒缓大家情绪的，类似军队里在硝烟后给大家唱歌的文艺兵。

“安全的杰西卡。”我不由得又自言自语了一句。

杰西卡的处境构成了对我的安慰。我还能婉拒掉自己难以适应的团队聚餐，而她连拒绝的选项都没有，只能脸色苍白地尾随着集体的纵队，如同被一群野蛮人从战场上掳掠回来的人质，惊恐而无辜地看着他们狂欢，甚而还要惊恐地为他们奏乐助兴。

“事实也证明了，她也并不是那么的安全。”姜来说。

她的表情一下子变得有些让我陌生，好像戴上了无形的口罩，人应该还是那个人，但看上去，变成了另一个人。

“是，所以这才是最让人震惊的。”我说，一边用眼神质询她的状况。

姜来歪头笑了一下，表示她没什么问题。

那“让人震惊”的事，是指有一天杰西卡被一群人堵在了公司里，她被指控拐走了别人的丈夫。

团队周五下班前都会开一个例会，这时候部门经理就会露面。我们的经理姓刘，一个三十来岁的女人。迄今我也没有获悉她的名字。一方面，可能是我并无这样的需要，我压根不想知道她叫什么；另一方面，可能这也是公司想要达成的效果。我不觉得她是一个真实的人，在我眼里，她更像是一个符号，代表着组织，管理，纪律，还有分配原则什么的。她长得并不漂亮，但颇具说服力，那是一种泡沫聚苯乙烯之类的合成材料塑造出的魅力。

刘经理在那个周五的黄昏又一次出现了。大家已经分坐在会议桌两侧。我的身体仍未康复，堕胎后我压根没有休息，似乎让自己硬挺住这个行为本身，才是一个正确的自愈良方。而且我也怀疑，自己是不是真的能够康复，或者干脆就不需要康复。杰西卡恰好坐在我的对面，一贯的脸色苍白。她的双手放在桌面上，面前摆着打开的笔记本，没谁要求，但她总是在例会的时候认真地在小本子上做着记录。

刘经理进来后直接坐在了她的位置上，一言不发地坐了一分钟左右，她用手指扣了扣桌面。这是一个信号，会议室的门应声推开，公司保安的半个身子先露了下头，随后，他放进了那队人马。

“那天像是排练好的一出戏。”我说。

这就是我当时的感受。一切都极具仪式感，仿佛彩排过一般，像是舞台剧，逼真地模拟着生活，但又时时强调着，不，这是精湛的表演。也有可能这只是我的主观感受，谁知道呢，那时我湿漉漉的，感觉自己的身体仍然在持续不断地“自然淘汰”着，这种状况，也难保不会被幻觉蒙蔽。至少在我看来，涌进来的追责者并不吵闹，每个人的腔调都是清晰而夸张的，却丝毫也不杂乱。因此，原本应该显得比较复杂的事件，居然被我很快理解了。喏，杰西卡的一位男性客户失踪了，而她，是有迹可循的责任人中，最后一个与此人联系的那一个。现在，她需要交代出失踪者的去向。

“我也是这种感觉。”姜来说。

她一边用叉子挑着意面，一边用另一只手撩起垂下的头发。我发现她变得迷人了。

“现在我还会偶尔想起杰西卡的那个回答。”我说。

没错，那个回答神奇极了，既是一个确凿的答案，又是一个崭新的提问，基本上，你可以说它是一个“命题”。杰西卡竟然没有哭泣，她竟然显得空前的镇定与平静。她一边说，一边在小本子上写着什么，好像是在同步记录着自己所说的话。这让她显得有些漫不经心，又让她显得有些郑重其事。

杰西卡承认自己三天前与这个男人一同吃了饭，并且，也知道他去哪儿了。

“她说，”姜来复述出了这句话，“——他去一个朋友的家了。”

看来她也难以忘记。

一个两三岁大的男孩跑到了我们桌前，他把口罩戴在自己的脑门上，连带着把眼睛也遮住了。

“回来！”他的妈妈在后面大声呵斥。

他去一个朋友的家了。没错，杰西卡当时就是这么回答的，给人的感觉是，她完全掌握那男人的行踪，而这个掌握，像是一个只有她才能够拥有的特权。——嗯，他去一个朋友的家了。连我都因之产生了希望，接下去，就等着她告诉大家这个朋友的家在哪儿了。

“但是她也不知道这个朋友的家在哪儿，”我忍不住笑了，不，不是觉得滑稽，是被某种悲伤的东西猛烈地触发了笑点。“何处是那朋友的家？这都像是一个哲学命题了。”

“你会同情她吗？”姜来看着我问。

我抓紧吃掉了一根鸡翅。

“我也说不好，可能我也被现场的气氛给搞蒙了。至少，我是不反感杰西卡的，我想，我们所有人大概都不会反感她。没错，为了签下单子，她竟然也使出这种手段去接近客户了，但这不是每个人都心照不宣的秘密吗？知道她也这么去干了，我会感到有些心痛，可这心痛又不太像是在同情她，反倒有些像是在可怜自己。我也说不清楚，总之，我经常会想到她最后的那个回答，她简直就是很认真地把一个谜语当作答案来看待了，她肯定确信自己知道那男人的下落，而这个下落就是——他去一个朋友的家了。至于这个朋友的家在哪儿，并不是她要求证的问题，她认为她已经得到了答案。”

我也不知道自己为什么竟然变得有些激动，更没指望姜来能听明白我是想表达什么。老实说。我也不知道自己想表达什么。

“我知道你在说什么，”姜来这么说实在令我意外，“你是在说软弱者的无助，当强悍的世界完全令人招架不住的时候，弱者会沉入在自己的逻辑里。——这让你感同身受。”

“是，好像是……”

我真的有些发抖，向后靠在塑料椅背上，环顾一番四周，好像这样就能把疫情都给解决掉了似的。

“对了，刘经理叫什么？”我随口抛出一个问题。

“刘经理？”姜来咬住叉子，说，“刘经理，她的名字叫刘经理。”

我开怀大笑起来，连嘴里的薯条都掉在了胸前。

姜来放下了叉子，开始用餐巾纸擦嘴。我真害怕她随后会戴上口罩。

“那么，你想过那个朋友的家在哪儿吗？”还好，她又把叉子拿起来了，“对于这个答案后面的答案，你从没感到过好奇吗？”她再次埋头吃东西，一边吃，一边问我。

“好像没有过。那不该是我关心的事儿……”一瞬间，我剧烈地意识到了什么，我能感受到她身上的坚定性，那是一种天生所具有的类似禀赋一样的东西，那是一种能量。“好吧，”我竟是一种认命的心情，“他去了你家，你就是那个朋友。”

“严格说，不是家，你知道，那时候我也是跟人在三环边儿合租了一套老式房子。”她头也不抬地说。

“你不是在逗我吧？”

我知道她不是，我只是好像还不甘于失败。

她依然低头面对着食物，就像当年杰西卡低头面对着小本子。

“好吧，那么，你是知道那男人下落的喽？他去哪儿了？”我知道这并不是我关心的问题。

“是的，我知道。”她一根一根地挑着面条往嘴里送，“他在我那儿过了一夜，第二天就走了。”

“去哪儿了？”

“他去一个朋友的家了。”她停顿了一下，补充说，“分手的时候，他是这么跟我说的。”

这个答案一点儿也不让我惊讶，或者说，我是被某种更大的、我完全无从想象的惊讶罩住了。即便现在她抬手把一只口罩塞进嘴里吃下去，我也不会感到惊讶。

“他就是一个谜面的制造者，给一个又一个他经过的女人，都留下了不可追问的去向。”我不是在跟她说，我是在跟自己说。

对，就是不可追问。姑娘们都止步于他给出的那个“命题”，因为继续探究，已经超出了她们权利给定的边界。

“的确，他很吸引人，甚至可以说有股魔力。我想，杰西卡接近他，并不完全只因为他是一个潜在的大客户。至少，这不是我的全部原因。没错，他太有钱了，风度和教养都很好，而且看上去很有保险意识，简直就是为我们量身定做的目标人群。但我不会跟所有这样的人都去上床。”姜来说。

“可他使用自己的魔力跟你们都上了床。”

“他应该不是故意的，是杰西卡主动撞上去的。”

“怎么说呢?”

“杰西卡偷看过我的记事本，她给我正在谈的好几个客户打过电话。”

不可避免，我的眼前浮现出杰西卡那前卫艺术品般的脆弱神情。

“我一点儿没有责怪她的意思。我知道她有多艰难。我其实还会有些替她担心。这个男人，早晨从自己的太太身边离开，道别时，告诉自己的太太他去一个朋友的家了；他在傍晚和杰西卡吃了晚餐，分手时，同样告诉她自己去一个朋友的家了；然后，他到我那里过了夜，在第二天的清晨对我说，他去一个朋友的家了。就此，他走进了一个闭环里，或者是一个俄罗斯套娃里，不知所踪。但女人们的日子还得过下去，他的太太不会有什么大问题，你看，我也不会，但杰西卡就说不准了，她依然活在现实里，可意志已经被绑架到另一个维度里了。”

“没准谁都差不多，和现实脱节，属于一个世界，却在另一个世界。”

“没听懂。”

“我也不懂。”我说。

其实我大致能懂，譬如，当年姜来人在北京，却不属于北京，我在北京，却属于火星。

姜来终于不再吃了，但也并不看我，而是侧脸看着不远处那个将口罩当帽子戴的小男孩。

“你还是老样子，穿什么都像个学生。”她说。

我低头看了眼自己的腿，发现自己都不知道自己原来穿着条运动裤。其实这是条我的睡裤。

“不知道杰西卡现在怎样了。”她招手向服务生要了两杯生啤，接着说，“跟你一样，她在第二天也不辞而别了。——你为什么离职呢？我一直有些猜不透，只是没问你。”

姜来直视着我，这不对劲，她显得有些咄咄逼人。有一股暗流在我们之间升起，女人的敏感可能让我们都意识到了点儿什么。

我再一次忍不住大笑起来，完全莫名其妙。

“我去一个朋友的家了。”我这么回答她，笑得上气不接下气，觉得这个回答真的是绝妙极了。

“去你的！”

她也跟着笑起来，跟着也上气不接下气了。

直到两杯生啤摆在了眼前。我们碰杯，各自喝下一大口。我心里的祝词是：嗨，祝贺你，你留在北京了，而我，还没有被发射出去。

离职后，我和姜来保持着断断续续的联系，她结婚时通知了我，但我没去。她嫁给了一个大学教授，是她读博时的同门师兄。这位师兄成功地杀入了北京，就职于一所高校，于是山重水复，姜来借此实现了自己的目标，在北京也属于了北京。她依然在卖保险，不过成为了也只是出现在周五例会中的姜经理，可能也在经历着淬变，正在“泡沫聚苯乙烯化”。她生孩子的时候我去医院看过她，我们一同坐在医院的走廊里，在立柱的阴影中感受神的光环以及自己的平凡，我感到自己的下身湿漉漉的，猜测自己再度经历了一次神不知鬼不觉的自然淘汰。

“你知道吗，我得感谢你。”姜来又一次举杯。

我和她碰杯，把她的话也当作一句客气的祝酒词。

“跟着你来这儿我才喜欢上了意面。”她说。

“什么？”我有些恍惚。

“这种食物蛮神奇的，嗯，像安慰剂。”

我大约能够明白她的意思。我只是想不起最先究竟是谁带谁来的这儿。

“是我带你来的？”

“你不记得了？那天下雨，我在公司楼下遇到你……”

我记得了。那天下大雨，我从写字楼冲进了雨里，街道上空无一人，当姜来从一辆出租车钻出来时，给我的感觉，就像是撞到了世界上唯一的那个幸存者。她也没打伞，不远处露天餐吧的遮阳伞就成了一块天经地义的避难所，让我们不往那儿跑都不行。

“我没跟你说过，那天我是从一家私人会所跑掉的，几个男人想欺负我，恶心极了。你可能想不到，当我看到同样湿漉漉跑过来的你时，心里有多安慰。那顿饭救了我，薯条，鸡翅，意大利面，简直就是上帝亲自下厨专门为我做出来的。它们就是这个世上属于我的食物——你可能觉得我这么说太夸张了，但我当时就是这么想的——有一种跟你匹配的东西，不多也不少，你就不再是孤立无援的了。”

“祝贺你。”我竟说出了这么一句。

但我真的是想祝贺她，至少她得到了安慰，并且还记得这一切，能够相对容易令人理解地描述出来。而我，压根无从说起那天自己究竟为何冒雨跑到了空无一人的街上。

世界何曾太平过。不戴口罩的日子里，每个人不是照样深陷在各自轰轰烈烈的平庸的困境里。

“那时候我真的挺难的，”她说，像是要对什么做出解释，“还好，房东人不错，答应我半个月付一次租金。”

我竟无言以对。她不需要对什么做出解释。她连房租都付不起的时候，却带着我去了圣殿一般的医院。这才是问题所在。

喝光啤酒，我们起身道别。略微迟疑了一下，我还是向姜来伸出了手。两个女人的手在严峻的时刻坚定地握了握。我们之间的情谊，不会因之变得更加深厚，那本来就不是我们之间的方式，我们没那么开头，就不会那么发展，我们只是撞在了雨里，一起分摊了漫天的大雨。大雨淋了两个人，就比只淋给一个人的份额少了一点儿。但这就到头了，你从来都只能相信，每个人的悲伤都是各自独立的，它们隔绝无依，并不能彼此交会。

戴上口罩的姜来显得很轻松，就像一半的不轻松被遮住了。我想，在世界停顿下来的这个当口，掩面时分，大家都该趁机清理清理某些悬而未决的往事。她认领了那个男人“朋友”的身份，有理由轻松起来。我也好了许多，如果见面那会儿我是“消沉”

的，那么，现在至少看上去应该不那么消沉了。

目送着姜来离开，我并不急着回去。她回去是面对一个不足周岁的女婴，我回去，是面对漫天飞舞的口罩外加一个麻烦的后父。对面诺金酒店的玻璃楼面在三月的辉光中熠熠闪亮。我在广场的花坛前坐下，看着那个乱戴口罩的小子到处瞎跑。有几次他都冲到我面前了，我都做好了即将被他撞翻在地的心理准备。可最终他也没有撞到我。

所有发生了的事情，都是你没有防备的事情。

有一件发生过的事情，我刚刚没有告诉姜来。它在一瞬间都跑到了我的嘴边。可我终究还是没说。大概要是说出来的话，太像是一笔交易——喏，我跟你说个秘密，你也跟我说个秘密。这太小儿科，也有失严肃。况且，我们大概也都过了那种分摊大雨的人生阶段。重要的是，这件事不像是件真事。

但它的确发生了，因为我毫无防备。

导致我堕胎的那个男人出现在一个午后。我往写字楼里走，他在身后喊住我，用一种狩猎者胜券在握的口气对我说：你是姜来的同事吧？我们就这样认识了，事情由此发生。他有一种天赋，就是会让你相信，只要稍微再坚持一下，他就能帮你把自己从北京发射到火星去。

离职后，我竟然还顽固地追踪过他。我找到了他的公司，也找到了他的家。我站在街边观望与等待，如实说，好奇多过痛苦。我可能只是想搞明白这世界是如何运转的，那么多意义非凡的事该如何让我去堪透本质。这个过程并没有花费我太多的力气，他在十天后就回到了自己的家，进门时的背影就是一副刚从朋友家归来的架势。这个结果让我觉得索然极了。他永不回头就会成为一个奇迹，就可以让姑娘们永远将自己的伤口美化下去，一直假想着被人当回事，或者曾经那么接近过火箭即将发射的一刻。但是他从朋友家串门儿回来了，精疲力竭，手里拎着带给家人的礼物，不是鲜花那类的东西，看包装袋，像是提了堆热乎乎的麻辣烫。

没有神的光环，只有你的平凡。

我既没有因之搞明白世界是如何运转的，对我而言，意义非凡的那些事，也照旧还闪闪发光地意义非凡着。这并没有摧毁我。我只是想明白并且承认了下来，一切其实并没有那么叵测，当我们前赴后继成为他人的下一个“朋友”时，或多或少，都怀有“签下一单”的心情。

这当然很残酷，可理解了自己之后，我才能平静地、甚而是不带羞愧地去容忍自己与理解世界。为此，现在，就是此刻，我都能穿着睡裤在三月的春光下轻盈起舞。世界当然还会重启，到那时，势必还会有人源源不断地离我而去，形成新的闭环或者套娃，也会对我说一声：我去一个朋友的家了。而我，就可以如同代表着自然的意志一般，勇敢地发出神圣的质询：

何处是你朋友的家？

2020年4月7日凌晨

庚子桃月十五初稿

2020年4月8日正午

庚子桃月十六定稿

香都东岸

庚子故事集

羊群过境

这种时候，一个乐观的父亲会让人气馁。他不知道，当他在卫生间冲澡时，我会贴过去，支起耳朵，会调动记忆的库存，竭力将他喉咙里哼出的声调碎片拼凑成完整的旋律。还好，我拼出来了，《张三的歌》。一首不折不扣的老歌。但它肯定没父亲老，记忆无误的话，它流行在我的少年时代。那时候，对于父亲和我，它都算是新歌。这歌我都有年头没听过了，否则脑子里也不会在扒拉它时仿佛飘满了蛛网和灰絮。现在，父亲一边冲澡，一边哼哼。老歌新唱，或者新歌老唱，总之是有些拧巴——尤其在这种时候。

谁都知道，这种时候，是怎样的时候。至少，我觉得它是不太适合哼哼老歌的时候。

两个多月前，我从北京回来和父亲一起过春节。那时候，差强人意，我还算得上是一个对生活有所把握的男人，说是踌躇满志，也不算太过分。没人能料到，却劈头撞到了此生最漫长的假期。困在父亲身边一个半月的时候，我告诉了父亲：如今我已经成了单身男人。我对父亲坦白道：有朝一日，当我返回北京时，我就要独居了，公司给我找好了一套不错的公寓。父亲一下没听明白我话里的意思，或者他的心思压根不在我这儿，我进一步解释之后，他才恍然大悟地说：

“噢，离婚了呗。”

那一刻，电视开着，屏幕上尽是从头裹到脚的人。两相映照，我重新成了单身男人这种事儿，可不就是——“噢，离婚了呗。”微不足道，和世界遇到的麻烦相比，实在微不足道。

“这么说，你小子对我撒了个谎，”父亲挤挤眼睛说，“不过没事儿。”

他真大度啊。也不知道是在说我对他撒谎没事儿，还是在说“噢，离婚了呗”没事儿。他这么大度，对我，却成为了事儿。那就是，我感觉他很强，而我很弱。他的乐观，对我构成了挤压，并且，这个挤压现在看上去遥遥无期，所以我对摆脱的那一天，用了“有朝一日”来想象。

“孩子和刘珂去桂林玩儿了，我回来陪你过节。”这是我对父亲撒的那个谎。

重新成为单身男人这个事实，我是没打算跟他撒谎的，没必要，离婚在什么时候都不算什么好事，但在三个月前，却也不会让人觉得生活将因之天翻地覆。那时候的世界，道路是曲折的，前途是光明的。我不过是想将如实相告的时间延宕一下，好让父亲度过“一个祥和的春节”。但我哪儿能知道，时间并不掌握在我的手里，仿佛游戏机的开关，任由我来启动或者暂停。而且，现在我也知道了，某些被我们视为紧要的真相，原来压根也没那么紧要。世界的麻烦给我们带来了麻烦，却也覆盖了我们的麻烦。

一度，连我自己对自己的那点儿麻烦都不怎么惦记了。然而两个多月后的现在，我感到心里有颗不安的种子正在抽枝发芽，开始伸张它的爪牙。既往的感受与认知，重新复盘，都有了不同的滋味。最为显著的是，我开始想念刘珂，更为剧烈地开始想念儿子。这让我觉得自己很无力并且很无能。

这种情绪，在一个冲澡时都兴致盎然的父亲面前，就成为了煎熬。天啊，他居然还能天天骑着电动车出门，行动力饱满得让人嫉妒；他居然还能一边冲澡一边哼哼，哼哼的居然还是《张三的歌》。我都快四十岁了，却一点儿硬汉的影子都没有，相较眼前这位老歌新唱的父亲，他的够劲儿，让我简直就像是一个茫然无措的婴儿。

我得重新找回点儿什么。即便是妄念，我也得让自己再次去试着摸索“游戏机的开关”，试着重新回到那种对世界有所把握的中年男人的自尊中去。这对世界不重要，对我很重要。我还有个未成年的儿子，我也想当我老了的时候，面对麻烦的世界，也能在儿子面前哼哼《张三的歌》。

可谓灵机一动，隔着卫生间的门，我对父亲说出了一个建议。我说，爸，咱们去趟甘南吧，省内交通现在没问题了，高速公路已经开放了。本来，这只是一个偶发的念头，但说着说着，却唤醒了我那中年男人深谋远虑的自信感。那就像一个老司机重新握住了方向盘的感觉。建议什么并不重要，重要的是，这种能够再度对生活给出“建议”、运筹帷幄似的决断力，让人来电。我兴奋地告诉父亲：自驾，即便春光料峭，可毕竟也是春光，一路高山峡谷，造物万千，是时候让我们的心胸为之一阔啦！

父亲还在哼哼他的，和着水声，都有点儿不太像是《张三的歌》了。

我对着卫生间的门自说自话，憧憬着将要重新夺回点儿什么，如同一个老司机般的再度上路，决定一趟出行，左右自己的父亲，规划自己与他人的方向。我说，你看，我在甘南有朋友，路上遇到什么麻烦的话，解决起来也不是事儿；从兰州启程，一路向着西南进发，拉卜楞寺和郎木寺在等待我们，雪山草地在等待我们，兴之所至，我们尽可以一头闯进四川，白龙江的对岸，就是九寨沟……这么口若悬河地说着，站在卫生间外的我，真的仿佛是在诉说着自由，仿佛借由掌握着的人间关系或者地理知识，就能佐证出自己的价值。

“羊肉好，”父亲回了一声，“甘南的羊肉好。”

“对！甘南的羊肉好，让我们去吃个够！”

“不缺羊，我们不缺羊，蒙古国人民捐了我们三万只呢。”父亲快乐地说。

这事儿我知道，刚刚在手机上刷屏才看过相关的消息，说是那三万只羊正在友邦牧民的悉心照料下加紧“贴春膘”。

可这个睦邻友好的消息，跟我现在所说的，有什么关系呢？费了些心思，我才理清楚一些头绪。我想，父亲的逻辑大约是：甘南的羊肉好吃，但现在我们不缺羊，所以——甘南，就不用去了呗。这就像“噢，离婚了呗”一样，举重若轻，有股顺理成章的云淡风轻劲儿。

我回到自己的卧室，摸黑钻进被窝。这么多日子无所事事，人却感到精疲力竭。黑暗中，风吹草低，我想象“三万只”这样规模的羊群，正漫山遍野地涌上甘南高原的地平线。我当然知道，自蒙古国而来的羊群焉能从甘南入境？但那种地理知识拥有者的自以为是，此刻毫无意义。我只能，也甘愿，在黑暗里眺望羊群与高原。至于它们应该从哪儿入境，真的一点儿也不重要了。

昨天下午，我正给一盒龙虾解冻，公司分管人事的副总打电话跟我说：“没那么糟糕，下半年海南归你。”

很给力，此时这样的消息，不啻三万只羊。面对鼓舞人心的前景，我的眼前本该浮现出绿岛碧波之类的景致，但我首先想到的是，我必须得把手里这盒龙虾烧出大排档的水平。

随后公司真正的老大也打电话过来了。

“我知道你没问题，对吧。”老大的口气有些犹豫。

“是的，没问题。”我说，“停薪三个月，我还撑得住。”

老大笑出声来，我听得出，当我在说自己撑得住的时候，他实际上是觉得他也撑住了。他在透支自己的商业王国，分封天下——三天前，分到我手里的还是湖南。公司频繁谋划着未来的蓝图，给我们打下的气，回输过去，彼此就觉得都撑得住了。

父亲骑着电动车出门的日子，我基本上在做家务。不是什么重体力活儿，但一天下来，真的令人疲惫不堪。我一边系着围裙干活，一边回想许多年前父亲对我的那些教导。曾经，父亲对我强调面对生活时必须“一天一天地抠着过”，不放过每一天，不求有功，但求无过，哪怕闲极无事去扫扫地、擦擦桌子，这样也算是做了一件有益的事，是对生活画上了一个正数，起码不是在消耗生活，不是在对生活做减法。那时候，母亲还健在，我刚刚结束了高考，在等待消息的日子里，针对我的迷惘，父亲开出了这样的药方。

我觉得这个药方很有效，正数，负数，加法，减法，于是生活就真的简化为一个可被理解并且可被运算的公式。谁曾料到，昔日重来，在这两个多月里，我要逆龄而生，再次以父亲的教导为准则，重温一遍做儿子的心情，在年近不惑的时候，又一次掰着指头运算日子。不是说这样的准则不值得被重温——所有的真理可不都是这么颠扑不破吗？——是说，当一个成年男人，尽管身陷在同样的迷惘之中，但重新被扔进父亲的压力之下时，那种横逆的不适感。我不做儿子已经许多年，如今，我自己都有了一个儿子，我早已习惯将自己的父亲视为与自己对等的男人，甚而，多多少少，在内心里我还认为他应当是被我指导与搀扶的，那个给生活开药方的人，早就换成了我。但这段日子，我只能一天一天，眼睁睁看着自己的力量涣散，看着自己在做了父亲的年纪，又去做回了儿子。

家是父亲的家，他在这个家里一边冲澡一边哼哼《张三的歌》。而我，原本只是来探亲的。细究一下的话，所有在春节回家的儿子们，好像都还带着某种扶弱济贫的优越感。结果呢，世界突然断了电，受困的儿子们只能沦为弱势的寄居者。没错，我撑得住，下半年湖南是我的，海南是我的，可我现在无所事事，不去做做家务就会显得不像话。我把一只烂了半边儿的西红柿扔进垃圾袋，当即都要后悔，觉得自己又做了一件消耗生活的事，对生活做了一次减法。这样的换算令人消沉，让我觉得自己总是这样，加加减减，减多加少，于是生活于我，就真的将一天天地成为了一个巨大的负数。

我变得软弱，没有了应有的气焰，不由得总要回忆父亲曾经蛮横的强大。当年父亲带着我去爬华山，天知道那个百尺峡有多吓人，父亲咆哮着勒令我必须勇敢，峭壁万丈，他在前方向我挥手召唤，和他同样蛮横、强大的山风也在咆哮，共同在我心中交响出懦弱的强音。没错，就是“懦弱的强音”，当懦弱的强度成为了与勇敢混淆难辨的强音时，恐惧便成了一股歇斯底里般的眩晕。醉醺醺的，百尺峡当年我好歹还是过去了，现在想，如果没过去，好像生活就将推翻重来，不会走到今天似的。

“回去的时候我们还得再走一遍。”父亲对我说，听上去有些幸灾乐祸和不怀好意。

“那我们干吗要过来？”我绝望地问道。

父亲竟然被我问住了。那时我未曾想到，不期然，我问出了一个所有父亲们都永难回答的问题。你当然可以教导自己的儿子说，这是磨炼，因为生命需要勇敢；可儿子们也可以表达永恒的疑问：干吗要磨炼，生命为什么需要勇敢？于是，你只能低下强硬的脑袋，承认生命就是一件危险重重的倒霉事儿。

父亲不哼哼了，在客厅里调弄他的琴弦。小提琴喑哑的奏鸣飘荡而来。不是《梁祝》，不是《D大调卡农》，还是《张三的歌》。这应该是他明天要传授的曲目。尽管名不见经传，但到底曾经有过高光的时刻，然而退休后，父亲这位交响乐团的小提琴手，成了老年大学的义务老师。他能够这么顺畅地在琴弦上给自己的人生重新定位，的确很了不起。对此，我自愧弗如，此刻，如果没有一张“下半年海南归我”的空头支票，我不知道自己还能不能勇对叵测的明天。

我失眠已经有些日子了。明知道不可能，我仍然时时会觉得手机将即刻响起，将有一个莫须有的老大，隔空通知我可以启程了，我将奔赴世上的某个岗位，湖南、海南，甚至毛里求斯、斐济什么的，总之，那个世上的岗位前途无量，足以安顿一个中年男人所有的虚荣与骄傲。

实在睡不着，我会摸到客厅去抽支烟。那时候，父亲的小提琴躺在客厅的沙发上，一副整装待发的架势。天亮后，它会有个去处，会派上用场，尽管，它面对的不再是音乐厅里衣冠楚楚的爱乐人士，而是一群戴着口罩的老头老太太，但这也足以令它焕发出傲慢的派头。有个去处和派上用场，现在都是莫大的荣耀。月光铺洒在琴身上，我用手指拨动琴弦，它荡漾的声音，听上去像是我心里面发出的自我否定。

今夜我又这么干了，手指按在琴弦上，心忖着如果要弄断这几根尼龙线，靠手指是否可行。我想到了用刀，近来我没少跟菜刀打交道，厨房里那套德国刀具锋利极了，随便一把，就能轻易挑断尼龙琴弦吧？可是，我干吗要这么做呢？想了一会儿，我明白了，原来，我将这把小提琴视为了我那个甘南之行的障碍。父亲天天与这把琴并肩生活，而我，现在需要用一个出行计划的兑现来重拾生活。这把琴就是前程中的关卡，扫除了它，父亲就会听命于我，满足我重新给世界布局的企图。这就是矛盾所在。很荒谬，我也觉得很荒谬，趁自己还没在这个糟糕的念头里沉溺太久，我及时地爬到了天台上。

父亲的这套房子在顶层，有内部的楼梯直通天台。星空下，我拨通了儿子的手机。刘珂和儿子在桂林也滞留了很久，好在如今终于回到了北京，正在自我隔离中。接通后，手机里传出刘珂的声音。不用说，她首先要指责我时间观念的混乱，不应该这么晚了还打电话给儿子。道理我当然懂，我从来就不是一个不懂道理的父亲。我在儿子开蒙之初，就迫不及待地跟他讲过生活的运算法，教导他面对生活时必须“一天一天地抠着过”；我也曾经刻意训练过儿子的勇敢，带他去贵州深山里的一条索桥上体会尿湿裤子的滋味，我以一个父亲的名义冲他咆哮，让他早早地就领教到遭遇羞辱本是人生的标配。可这一切都没能阻止我和他妈妈婚姻的解体。

今夜，我打电话过去，原本也不是冲着儿子去的，尽管我真的很想他，但以我目前的状态，实在没力气再跟儿子谈论一番勇敢的价值。我找不准自己的角色了，不大有把握还能像一个生猛的父亲那样对着儿子来劲儿。下意识里，我期待听到的，就是刘珂的声音。我努力想要通过刘珂的声音，在心里重塑出刘珂的样子：独特的气声是她独特的鼻子，命令式的口吻是她细长的眼睛。

“儿子早睡了。”刘珂说，“你也不要熬夜。”

我觉得她既严厉又很温柔，这令我心头发酸，几乎要脱口对着自己的前妻说出世上最为软弱的话。

“先不要多想，这种时候能多陪陪老人，也是好的。”刘珂用这句话收尾，她说，“这是你的责任。”

对，这是我的责任。我在天台上席地坐下，大口呼吸，顶着满天繁星，开始用微信给儿子发信息。我想，明天早上醒来，儿子会看到这些内容的。我假想着我们正在展开一场关于“责任”的对话。

“儿子，你要照顾好妈妈，这是一个男子汉的责任。”

“我知道，爸。”

“你看，我要带着爷爷去一趟甘南，他的状态不太好，每天只能靠着去给一些老人教琴打发时间。我得让他开心点儿，透透气儿。甘南很美，虽然现在应该还有点儿冷，但是一望无尽的草场还有高耸入云的山脉，会让爷爷身心舒畅起来的。你看，这是我的责任。”

“爸爸，你对爷爷真好。”

“没什么，我们都该负起自己的责任。”我严肃地回答着儿子。

第二天早晨，父亲出门不久，我下到地库驱动了自己的车。驾车从北京回来后，我就没摸过方向盘，有那么一个瞬间，我竟有些恍惚，惊讶于自己居然是会开车的。

老年大学的所在地我知道，父亲不止一次对我渲染过那里环境的优美。——实际上，也谈不上有多么优美吧，在我眼里，不过是一栋临河的小楼，只是楼后河畔上的景观大水车像是件复杂如谜的关于忍耐的艺术品。停好车，穿过一条石子铺就的小径，我靠近了大门。《张三的歌》从小楼里飘荡出来。稍加分辨，我听出了电子琴的音律，当然，还有小提琴的奏鸣。随着乐声，是一群苍老的童声。

我要带你到处去飞翔
走遍世界各地去观赏
……

说是“苍老的童声”，只是因为我压根无法形容，就像在我的经验里，从未将电子琴与小提琴一同合奏过。但我得承认，此刻我听到的是具有感染力的声音，笨拙，还透着点儿俗气，但简单动人。

来到栅栏门前，我看到了父亲的电动车孤零零地停在院儿里。这个景象，竟让我有了一种将要“解救”父亲的幻想，如同儿子小时候我去幼儿园接他回家时的情绪。这种情绪接近于一种正义感，让我一下子似乎也找到了此行的合理性。戴着口罩的门卫拦下了我。我报出了父亲的名字。

“林老师在上课。”保安说。

“是的，我知道，我想见见你们负责人，不打扰林老师上课。”我说。

保安回到门卫室去打电话。一会儿工夫，一位看不出年纪的女士从楼里出来。戴着口罩是她让人看不出年纪的根本原因，但我觉得，摘了口罩，她的年纪也会让人有点儿摸不准。她的身材和着装，显然并不是很年轻了，但是她下楼梯的步伐却是跳跃性的，少女一般的轻盈。

保安介绍，她是“王主任”。

我向她自我介绍，是“林老师的亲属”。

王主任很客气，口罩遮挡不住她的教养。既然这样，事情就好办了。我对她说，清明节就要到了，林老师需要去给自己的亡妻扫墓，这需要一段时间，在这段时间里，不好意思，他只好暂停老年大学的授课了。

“这样啊……”王主任在沉吟，“当然没问题，应该的。可是怎么没听林老师说起过呢？”

“他不好意思张口吧，这种时候，他觉得应该更尽职一些。您知道，他是一个非常有责任感的人。”我不动声色地说。

“的确，林老师非常尽职，本来是义务的，他却完全像是在做一件分内的事。这种时候，老人们的精神生活更加重要了，多亏有林老师的支持。”

值得庆幸，我们之间的对话，有个最大的公约数，那就是——“这种时候”。“这种时候”，成为了人与人达成理解的牢固基座。王主任的语气让我生出些揣想：没准，除了老人们的精神生活需要，父亲如此热衷往这儿跑，还有眼前这位女士的因素。

“您看，能不能这样呢，你们给林老师放一段时间的假，”我道出了来意，“不用提清明节的事儿，就说学校有其他安排，小提琴课暂停一个阶段。”

“好主意！”王主任竟愉快地答应下来，让我一下子觉得，父亲热衷于往这儿跑，也不是完全没有道理。

“谢谢您，还有，”我感激地说，“您能替我保密吗？不要告诉林老师我来跟您提过这样的要求。”

“理解的，理解的，我保密。”

你看，口罩阻挡不了人与人之间良好的交流，我们可以通过眼睛彼此微笑。

她真是一位善解人意的女士。这么顺利地达到了目的，还是让我有些不敢相信。我转身离开，有一个念头不断地跳出来，我想，有朝一日，如果这位王女士成为了父亲的伴侣，多半，我是不会反对的。

驱车回家，我感到了两个多月以来从未有过的轻松。我办成了一件事儿。这件事儿的大小姑且不论，仅仅“办成了一件事儿”本身，都足以让人感到欢欣鼓舞。我做了丰盛的午餐等待父亲归来。我想，父亲怕是会有些灰心丧气，那么我宽慰他好了，告诉他，正好，老年大学不需要你了，我们就去甘南领略广阔天地吧！父亲会像一个孩子似的失落吧？不要紧，他有我，一个中年的、有力量的、既有人脉、又懂地理的儿子。但是中午父亲并没有回来。他发给我一条简短的信息：别等我，你自己吃。于是一瞬间，父亲还是父亲，儿子还是儿子。

不仅午饭没回来吃，晚饭父亲也没回来吃。这是难熬的一天。我偏执地认为，父亲这一天一定是和那位王主任在一起的，我的脑子里不免要去想象那番情景。不错，她是美好的女性，可这，更令人愤懑。我想打电话给父亲，用一种成年人应有的理性谴责他，理由是现成的——“这种时候”，您就不能让人省些心吗？

夜里九点多钟，父亲背着琴盒回来了。他好像还喝了点儿酒，进门后就钻进卫生间去冲澡，随后，《张三的歌》再次响起。

我小心翼翼地贴在卫生间门外问他吃饭了没有。

“吃过了，以后我回来晚你别等我。”他说。

“你至少得给我打个电话吧。”我说。

“我又不是小孩子，你别瞎操心。”父亲的声音听不出有什么异常，他接着说，“还有啊，清明节给你妈扫墓的事儿你也别操心，我都计划好了，陵园关闭，我们可以在天台上遥祭一下。”

是的，他都计划好了。我有半天不知道怎么应答，渐渐意识到自己已然陷入到了确凿的困境之中。这个困境，与父亲无关。下午那会儿，公司的管理群发布消息，公示了第一批裁员名单。尽管我不在这个名单之上，但毫无疑问，这是一个不祥的信号。只是我那会儿居然听之任之，直到被父亲再次拒绝的这一刻，才回味出了严肃的危机。

“有事你跟我说，不用跑到学校去啊。”父亲哼着歌，间隔着说出一句。

“她答应过我保密的！”过了很久，我才颤声说出话，感到自己像是被整个世界背叛了似的。

“别这么孩子气，保什么密嘛，她跟我熟还是跟你熟呀？”父亲十拿九稳地说着，肩膀上搭着一条毛巾从卫生间出来了。

他可能也没做好和我劈面遭遇的准备，慌忙用手去遮挡赤裸的下身。这的确很尴尬，我也记不清了，我们父子有多久未曾赤裸相见。

“爸，我得跟你说说。”我一边转身走开一边说。

父亲也转身返回了卫生间，是一个和我彼此回避的运动轨迹。

“行，你泡壶茶，我们边喝边聊。”他说。

起初我真的走到客厅去泡茶了，但走到茶几前时，我发现自己一点儿也不想按父亲说的去做。我不想再跟他说一遍高原风物，当然也不想再听他跟我说一遍生活运算法。此刻，我放弃一切角色，无论是做个父亲还是做个儿子。

我爬到了天台上，迎着夜风站了会儿。这里我上来过许多次，从没像现在这样靠近过楼体的边缘。熟悉我的人都知道我恐高，但他们都没我知道我到底有多恐高。童年时，父亲带我穿越华山的百尺峡，我腾云驾雾一般地过去了，让他见证了我的恐惧，但我没告诉他，我都被吓尿了。这会儿，我走到了天台的边缘，探头向下一望，有如看到黑漆漆的深渊。

这栋楼并不是特别高，是那种只有七层的洋房，但是于我而言，超过两米，七层跟七十层没什么区别。矮矮的水泥护栏之外，楼体原来还伸出了大约有半米的雨檐。小区里一片岑寂，但我分明听到了咆哮之声，那来自天际的声息，无外乎，还是怂恿我去做一个勇敢的人。

是啊，除了鼓足勇气，你还能怎样呢？

我目测了一下雨檐的长度，从我所在的位置，到下一个转折处，有十五六米的距离，这应该就是家里客厅的纵深。不算长，和漫长而狭窄的人生畏途相比，它不算长。我想，我现在需要克服的，不过就是这样的一段距离。

那么，有什么好说的呢？我抬脚跨过了天台的水泥护栏。不用说，我的腿完全软掉了，于是只能四肢着地，匍匐着，趴在了悬空的雨檐上。一瞬间，我在夜空中看到了昔日的儿子，那日，在我的威逼利诱之下，他在贵州深山里的索桥上，就是这样爬过了他的至暗时刻。和我小时候一样，儿子也吓尿了，为此，刘珂和我发生了激烈的争吵。那时候，关于怎样教育儿子，关于生活的性质，关于人该如何在这世上不屈不挠，我们之间有着巨大的分歧。此刻，我想，刘珂也许是对的。

春夜的风是软的，我在黑暗的天空爬行。爬过十五六米之后，没准，我就能焕然一新，成为一个真正刚健的人。闭着眼睛，向前一寸一寸蠕动，渐渐地，软风变硬，我的脑海浮现出辽远的幻觉，我真的看到了，本来，那如同一个巨大负数一般空洞的前方，那像皮子被鞣制过了一般的锈色夜空，开始泛出沉着的普蓝，在那普蓝色的天边，苍穹之下，高原的地平线上正有滚滚的羊群无声地越境而来。

2020年5月6日

庚子畏月十四初稿

香都东岸

2020年5月8日

庚子畏月十六定稿

香榭丽

代后记

等光来

弋舟　贺嘉钰

弋舟　嘉钰好，先跟你对下表，你那里现在的时间是多少？

贺嘉钰　我正在你过去的时间里。现在早晨十点，太阳不高，因为在疫情中，世界显得安静。昨天又读了一遍《庚子故事集》。《掩面时分》里有一个小细节——姜来在“我”看来“之于北京”，终于“在也属于”北京。这是一个有意思的角度，在一个地方却常常并不属于那里，似乎是现代人常有的体验。去年秋天来到纽约，因访学只一年，生活如沙漏一般进入了“倒计时”模式，但疫情突然暴发，这种时间感一下子又拨回了正向，因为我们确乎在等待“好”的到来。

在北京生活了11年，我从未觉得自己属于它，现在身在纽约，更不属于了。“属于”的条件到底包含着什么？和一个地方相比，人也许更属于他／她自己的时间吧。我们不妨就从时间聊起。特别是在这么一正一反的拨转后，“这一刻”的意义不断显现。我一直认为你在小说中处理时间有种“凝固瞬间”的能力，那种在小说里感受时间的特别方式此时对位在现实中了，是什么让你觉得瞬间值得耽溺呢？

弋舟　我们不属于空间，我们属于时间。你看，当我们没有一个确凿的体验时，我们也已经眺望了它的某种可能性，但这种可能性，一旦奇迹般地兑现成了庞然的现实，一方面，我们会为自己的某种“前瞻性”而窃喜，另一方面，我们又会空前地感到沮丧——原来，那未曾兑现的时光一旦来临，它的不由分说，立刻会让我们的沾沾自喜现出拙劣与肤浅。就是说，原来我们自以为是的某些优势，其实是经不起检验的。这种深刻的否定，就我的认知，只能来自那一个个由瞬间构成的时间。时间赞美了多少，她就唾弃了多少。对于那个无有始终的时间的臣服，差强人意，就是我对于文学的有限理解。于是，这本庚子年的集子，我努力“随波逐流”，譬如，她破天荒地，有了一个前言，那个前言，以“钟声响起”为名，完全是“现在进行时”当中的情绪。这种“随波逐流”的顺服，达到了一个地步，那就是，因为我无力去做一个无有始终的想象，于是，我只能在一个又一个“凝固瞬间”中，去表达我的盼望。

贺嘉钰 作为读者，我以为那些在瞬间上的盘亘使小说有了“致幻”的质地，体验时间的方式被重新定义，那些在小说里被取消的线性流淌，将从四面八方打开我们的感官。

有点心有戚戚于你在这里说到“随波逐流”，这也正是我从《丙申故事集》《丁酉故事集》到《庚子故事集》一路读来，现在的感受。在干支纪年的限定下，三本书已经形成了她们自己的“小秩序”，而这个来自时间秩序的命名方式在此刻更显况味。也就是说，你不得不看见此刻正在发生的一切。

“困境”是我打开前两部集子时都选择停靠的一个词，如果说《丙申故事集》讲述人如何穿越困境，那么《丁酉故事集》便是人如何与他们的困境相持。可是这一次，一切更加具体了，当困境兑现为庞大的、人类需要共同面对的现实时，我看见一个作家，不期于提供“解决方案”，他呈现那些小周遭对人类个体的逼视，在这样一种反向的目光里，文学的能与不能、为与不为是紧贴着现实的。因为这样的时刻，人正在和具体的自然与命运打交道。那么，在接近灾难的时候，你会给自己找一个怎样的位置？

弋舟　是啊——文学的能与不能、为与不为是紧贴着现实的。有多久了，我们在创作中忘记了“和具体的自然与命运打交道”？此刻我们有多无能，我们的写作就有多无能。如果真的可以做到认领这样的限定，那么现在，我们将自己的无能袒露出来，也许就是一个自我打捞的方案。喏，我撑不住了，被人羞辱或者羞辱了他人，我们撑得住，粉饰了世界或者被世界粉饰，我们也撑住了，可突然有一天，会有你压根无从想象并难以直视的羞辱与粉饰降临，你将撑不住。而此刻，那个理论上的“有一天”，居然真的不只是一个理论了。

你可以当一切都没有发生吗？你只能写下这样的句子——“形势依然严峻……”《掩面时分》就是这

样开了头。她当然充满了漏洞和风险，可是，一篇小说需要躲避的漏洞与风险，在这“有一天”的面前，多么微不足道。你把你的无能交出来，放弃既往对于指摘和误解保持警惕的那种机灵劲儿，反而，会觉得自己受到了某种庇护。你逞不了强了。至少，我的感受是这样的。无能，诚实，就是我现在能给自己找到的位置。

你从这一系列的故事集梳理出的脉络，我完全认可。从如何穿越困境，到人如何与他的困境相持，直至更加具体的“这一次”。

贺嘉钰　这种无力与匮乏感在前两个月尤为严重，甚至让我开始怀疑长久以来所珍爱的事。文学能拯救我们吗？似乎不能。可是还想问，文学在什么意义上能使我们得救？从来没有这样迫切地希望自己能够回答，或是有人告诉我答案。现在似乎有一个差强人意的回答，那就是，文学不负责应对外部世界，她能到达的地方实在有限，她只到达你，她只负责为自我如何与自我相处提供一个参照。文学处理外部世界，但是到了你这里，便只与你有关。

让我们回到文本。《核桃树下金银花》是你的短篇中为数不多的让我感到了温情的小说，虽然有一个大灾难的底色，但一对“体量庞大”的少男少女在一个短暂相逢里完成了一次非常轻逸的抒情，小说里面有一句话：“她给我指认了此生的第一棵树木，启发我对原野展开想象。”我们知道，“这棵树”后来在地震中倒下了，但那个“少年快递员风驰电掣地开着一辆电动三轮车，向着他永远的翻版与镜像，向着一个胖天使，一头冲进漫天遍野的壮观的花海里”。小说在这里飞了起来，是的，人可以被一个模糊而遥远的指望所激励，深情地活着，可一旦这个指望被抽取了呢，以后的生命他将如何和自己相处？小说虽然不说，可我感到某种安慰，因为它洋溢着的明亮调子。从灾难里稀释出“明亮”不是铤而走险，那要克服更大的阻力。

弋舟　我想，那个解决之道或者朴素极了。你已经指认了，文学“她能到达的地方实在有限”。这个常识我们罔顾太久，惩罚终将到来，于是此刻我们才会如此无力，从未像今天这般深重地质疑文学的价值与意义。文学一直在那儿，今天之前与今天之后，她还是她，是我们曾经过度借由夸大她来夸大了我们自己，所以才有水落石出的今天。文学不是个魔术师的把戏，我们借由她抖机灵太久，早忘了诚恳的本意。就像“隐喻”这个词，若非事到临头，我们哪里会检讨自己多么轻浮和泛滥地使用过它。现在，我们还好意思带着股傲慢劲儿说“这场人类的灾难是一场宏大的隐喻”吗？当然，它当然是，但我们开始羞于启齿。

《核桃树下金银花》也是我喜欢的小说，至少，她在你眼里被看为了“温暖”，至少，我愿意在小说里认领人的义务，愿意重新回到对于一棵树的学习中去，这样，她就“只到达了我”，“负责为自我如何与自我相处提供一个参照”。当我靠着文学变魔术的时候，这些都远离着我。

贺嘉钰 这个“重新回到对于一棵树的学习中去”的说法就让我温暖。作家写作，不就是重新命名世界万物吗？最近看到一些作家、学者、艺术家在疫情中的生活记录，印象格外深的一篇是阿莫多瓦的隔离日记，他提到一部纪录片，是维克多·艾里斯的《榅桲树阳光》，记录的是画家安东尼奥·洛佩斯的日常工作，再具体一点，讲的是画家如何从秋天开始，画他花园中一株瘦弱的榅桲树。阿莫多瓦的表达具体又迷人，他是这样解读的："关于自然光照射在构成我们整个世界的物体上成就的奇迹。一年中不同季节交替下的光，进入黑夜的漫长旅程中的光。……这部电影讲述这个艺术家与榅桲树上的自然光相对，他将其看作斗争，一场注定会失败的战役。"影片里安东尼奥·洛佩斯就近尘世的方式让人感动，你会看到艺术家对大自然、对万物中具体的微小之物深深的疼惜。他要画阳光照在果子上的样子，便用漫长的时间等待光，光来了，只停留那么一小会儿，他常常还没抓住那个瞬间，光就离开了，有时候，暴雨还会说来就来，他得急忙叫上工人一起给这株瘦弱的小树搭起帐篷。片子里有一种日常所怀有的光泽，它微茫又高贵。你是不是也有着类似于"等光来"的时候？

弋舟　是的，"等光来"。更多的时候，那种十拿九稳的把握感，按部就班的规划性，确实让我们处在一种"创造光"的谵妄中。我们既无耐心，又无定力，也许更为匮乏的，还是我们领受光照的资格。

你知道，按照前两本故事集的体例，我们这个对话是要作为“代后记”收在集子里的，实际情况却是，现在我还有一篇尚未动笔，甚至写什么，也压根没有眉目。就是说，原本带有“收尾”性质的这个对话，提前了，像是句号当作了逗号在用，也像是尚未竣工的房子，提前“模拟”了验收。这是时间的错位与倒流，甚至还有宰割与假造时间的嫌疑，但我想试试，觉得可能也有特殊的光斑，至少，见证了这个非常时期我们某种复杂的个人经验，它事关写作的无力，个人的挣扎，以及流动着的不确定性与可能性，当然，更是事关我们对于时间的重新想象。现在，我期待的是，当我们结束这个对话后，我艰难地开始书写，那最后一篇尚未动笔的小说，将会是怎样的一个面貌，就如同那间经过验收之后其实还有待完工的房子，家具，壁纸，小摆设，都已提前入场，它将如何完成最后那道亏欠着的工序？这个过程，我觉得，就是在“等光来”。

贺嘉钰 我所理解的好的短篇小说，她既拥有强大的还原真实的能力，又能够领着我们向远方远远地跨出一大步，然后，我们得以在对岸回望生活的质感和光泽。“核桃树下金银花”这个名字带着一种“莫名其妙”的诗意，无论如何，我一开始想不到她会与汶川大地震有关。这个短篇里，男孩女孩现实的交集只有一个下午，但这丝毫不妨碍他们成为精神上的同盟。如果说这一小段交集里有隐约的爱意，也都是出自“我”的想象，小说几乎是在记忆的重述中将灾难叙事与日常叙事推到了一个非常妥帖的停泊处。你在小说里做了一个判断，但我隐约觉得那不只是为了推进叙事，“做一个快递员，我压根不需要被教育，它就是我生而为人的本能。”“快递员”的隐喻是什么？偏狭地理解，是让“物”借由他，穿过时间和距离而抵达。你为什么会下一个这样偏僻又果决的关于“快递员”的判断呢？

弋舟　“快递员”是一切人间职业的代言人，这世上所有的职业，或许都是“物”与世界意志之间的传递手，而职业的背后，则是在兑现着“劳作是人的本意”这样一个根本性的生命美德。

我们被分派到了人间，肯定不是来坐吃山空的，那种想象太不知深浅，不知道从哪儿得来的特权和优越感，遗憾的是，大多数时候我们都把自己想象成了得意扬扬的不劳而获者。这首先是我基于对自己的批驳，我想，如果你是一个失败的胖子，你只熟悉核桃与金银花，你驮着人家的快递包裹，你还能不能获得生命的荣誉？然后，小说写出来了，我觉得，笔下的人物赢得了他们的光荣。甚而，在这种属人的荣光中，人才有可能具有尊严地承受起了灾难。

我们说过无数遍的“诗意”，我想，这就是我如今所能理解的诗意。她当然是“莫名其妙”的，因为诗意从来就是“顺理成章”的反面。

贺嘉钰 我想这也是为什么我越来越警惕“舒适”和“光滑”的阅读。那些不对你构成挑战、障碍甚至冒犯的文本不足以调动你对她的反馈。当我们希望在与文字的遭遇中感受到摩擦与阻力，文学似乎就有了真正地联接到生活的可能。

我们对艺术的理解往往针对的是艺术的完成时态。就是说，我们习惯将艺术作为一个结果去对待，但艺术作品对她的创造者而言，首先意味着一连串具体的劳作，时间上的付出，情感上的挣扎、徘徊、失落或者安慰。也许是和正在做的博士论文有关，我越来越想看到艺术的发生过程，她的发生条件，如何被创造，如何运作以及她的主体是如何行动的。让我们把目光转到《庚子故事集》的写作中，写作这件事在这几个月里，发生了什么变化吗？

弋舟 没错，当我们在谈论自己的有限、谈论无力的滋味时，就是坦白着自己原本的“不光滑”和“不舒适”。无时无刻不在与世界的摩擦之中，这是我们确凿的生命经验，那么，干吗老要装得手到擒来、身段高明？联接生活的文学，常常被我们有意无意地联接到了“文学史”，这当然很正当并且重要，可是光荣的文学史被我们用自己的创作野蛮联接，不过是企图用前辈的光荣来佐证自己的光荣。我们必须认清，当前辈们奉上那个漂亮的结果时，必定历经了他们的“一连串具体的劳作”，我们焉能直接省却了苦熬，只是手捧果实说：你瞧，我弄出的果子也是在那个名优品种的序列里。回到自己的艰难里，每一次创造都没有现成的便道，饱受自己对自己的怀疑，不断气馁，这个过程，也许的确比结果重要得多。

《庚子故事集》的特殊性已经毋庸多说，此刻，我们活得有多难，我写得就有多难。

每一个人都经历着自己的难度，我想要如实写下来这属于我的难度，无论它显得多么不漂亮，多么漏洞百出。当我开始观察自己这整个的过程时，真的宛如看到了一个拙劣而焦躁的猴子，坐卧不宁，又不知所云，拍着并不存在的胸肌，一边给自己打着气，一边又在泄着气。可这个宝贵的自我观察，又成为了一个自我的搀扶。因为，我终于看到了我。

贺嘉钰　谢谢你的诚恳。如果说我们习惯了在“手艺”的语境里谈论小说的技艺和光泽，那《庚子故事集》可能就是在既定的轨道里遭遇了一次现实的搬岔道。我记得《鼠辈》是去年十二月初完成的，昨天再看，被里面一句着实吓着了：“北京发现了两例鼠疫感染者！”我们不会从这个感叹号里预知世界在几个月中的改变，但“鼠辈”作为一个有些炎凉味道的意象，好像比任何时候都接近着现代人以及所有物种中人类生存处境的真实写照。这让我感到一种“风格的时差”，从你在长篇《跛足之年》《蝌蚪》里书写的那种凛冽又无措、一发不可收拾的人生，以及上百部中短篇的营造，到现在，你的写作好像越来越不狠了？

弋舟　诚恳其实是一个无能者对于自己的解放。从前的写作，如果有“狠”的面向，那也可能是对自己不够狠，惯着自己，觉得自己是那么回事儿，于是在小说里任性，屠戮世界；而现在，好像的确是拧过来了，开始对自己发狠，看出自己诸多的限度，于是反而写作却越来越“狠”不起来了。我也很难确定这是否正确，但至少我遵从自己真实的认知。

《鼠辈》写于去年的十二月，是“前庚子”作品，按例，她应当是收在《己亥故事集》中的，但是你也知道了，那个计划中的《己亥故事集》泡汤了，不仅《己亥故事集》泡汤了，之前的《戊戌故事集》也泡汤了，并且它们是永远泡汤了，因为它们妄图借着时间的名义，而时间才不给你网开一面。我又一次败在了自己的懒惰以及无能里。时间的无情正在于此，它会将你所有的信誓旦旦检验出真伪。接着，如此非凡的庚子年降临了。这是我的本命年。我渴望给自己一个礼物或者见证，无关宏旨，仅仅是自己生命中的一个小仪式。于是，我决定要在当年出版这本小说集，理由看起来也说得过去——出版在庚子年，便也可以称为《庚子故事集》了吧。显然，这又是一个提前将逗号当句号用了的“事故”，集子出版的时候，庚子年大致只过了一半，那么剩下的时间余额，我将怎么跟自己交代？我将如何命名自己下半年的写作？对此，我现在同样抱有好奇，那就是，等光来，将那没有到来的，老老实实交给时间来光照吧。看上去，似乎是我人为地扭曲了时间，指鹿为马，炮制着自己的时间说辞，但是我知道，我没那么神气，毋宁说，在这一年里，时间不以人的意志为转移，走出了它自己空前的刻度。就像《鼠辈》中的心情，乃至她仿佛寓言一般的细节，这些，都是时间自己的奥秘。

当一切尚未来临，我们也在说写作的艰难，也在说鼠辈的卑微，但现在，我们都知道了，原来艰难与卑微的语义，已经在我们心中的词典里发生了怎样的质变。什么是文学的“写照”？大约现在我们也有了别样的理解。

贺嘉钰 那么借用你的修辞，“事故”也正是“故事”的开始方式。我们看到，你在这个“小秩序”里专意的依然是现代人类都市生活里的有限与无限。很多次，我在阅读的尾声感到一种婉转的超越，他们走向个人境遇里一个绝境，可真正抵达后反而有一种开朗和自在。读小说时，我有个毛病，尤其喜欢往一些小地方钻，特别是一些看似作者无意的走笔，我相信那里面有“之所以为之”的天然合法性。《掩面时分》里，就有这样一个似乎毫不影响整个小说走向的细节——你两次提到了“我”的“后父”。第一次是，“我那时最大的目标是将自己从北京发射出去，无论是哪儿，安徽也行，火星当然最好。我有一个后父，麻烦到像所有麻烦的后父一样”。第二次是在快结尾的地方，“目送着姜来离开，我并不急着回去。她回去是面对一个不足周岁的女婴，我回去，是面对漫天飞舞的口罩外加一个麻烦的后父”。为什么会有“后父”这样一个略显突兀的设置？我试着解读一下，他的存在内在地预设了我们所无力更改、无法回避、无可逃脱的命运。但还有一点没想通，这么一个独立而颇有主见的“我”，为什么不搬离后父的家？但这好像又是另一个故事了。

弋舟 显然，你是那种“会读小说的人”，你所着眼的那些微小的细部，可能恰是小说之“小”的奥义所在。一个“后父”的出场，被你看到了，于是他才存在了，否则，他毫无意义，他所能达成的某种社会性联想、心理性联想，甚至文化寓意的联想，对于你这样的读者都是有效的。因为你有“小说经验”，这些经验的调动，让你丰富和完善了作为作者的我也许都未能触及的波长。在这个意义上，这个“后父”是你创造的。但我也要承认，至少，这是一个我预设的效果。我们在写作中，总是心怀着某类理想读者的。同时，我也得承认，这是小说家的懒惰，他知道镶嵌什么最顺手、最有效。

至于“我”为什么不搬离呢？是啊，为什么呢？那的确是无以穷尽的追究了，没准，它的确是下一个故事的起点，因为当“为什么”发生时，正是“事故”发生的时刻。小说就是在一个又一个的“为什么”策动之下，才展开了她自己的道路。当然，回答起来原本也能简单——自由如我们，为什么要去打一份充满了羞辱的工？为什么，我们不能像发射火箭一般，从身在的苦地被发射出去呢？掩面时分，这时候，我们正好可以琢磨琢磨这些无解的问题。

贺嘉钰　那些“无解”的问题有一些不正源于“人类的算法”吗？你的小说不经意时甚至还兼具普及科学或者伪科学的功能，不过，当生活蹭过这些小小的跳板，我们确实或多或少地获得了一种被更新的认知。从一种角度看，《人类的算法》是你短篇阵营里的“少数”，你放弃了第一人称的叙事方式，从日常里揪出一个小线头，我们发现，生活是多么经不起这样的“抽检”啊，轻轻一扽，一件织物就有可能被拆毁，一种看似严密的生活就有可能垮塌。我冒险将这篇概括成一句话，“一个中年女人如何藏住她逸出的往事与心事”，但故事从始至终只是一个人的，你为什么给了她一顶“人类”的帽子？

弋舟　生活其实是经得起“抽检”的，事实是，我们都知道那织物一扽就毁，可大家都在根本性的溃败中有模有样地保持住了某种看着还算体面的完整。这可能就是生活本身的强悍所在。

小说里究竟能够承载多少“野心”？当然，我们说过，当我们写一个人的时候，实际上就是在写整个人类。这不仅正当，而且正大。但是，如今对于正当与正大之事，我们往往都说得不那么理直气壮了。小说中的女性，经历了她的往事与心事，如果不将惨痛的一己往事与心事寄托于“人类”，我眼下还真替她找不到更好的道路。也许，就没有一条“更好”的道路，我们能做的，不过是找到一条“不那么糟”的路。你瞧，无论在现实里还是在小说中，我们有了科学和伪科学，我们有了带着储藏室的房子，我们有了国际贸易和世界，那我们就有理由去从这些事物当中寻求即便是不那么可信的依托。这是今天的我们身在的现实，我们已经被限定在了历史的这个局部，我们处理着的和处理着我们的信息，决定了今天的我们只能让自己向“人类”眺望。

而且，人类，算法，这样的意象，还有比此刻更加扑面而来过吗？是，这么说下去，都有可能是强词夺理了，如果最终真的说出了某种“野心”，极有可能真的就是小说不堪承载的了。

贺嘉钰　无论她是否能够承载，她的作者和读者都乘着这样一种形式渡到一个新的岸边。借由文学打开认知，完成冒险，反刍经验，我想，再没有比小说更便宜的方式以供我们检省生活了。在这样一个“上不着天下不着地”的空间里，现实高度地简化在一个故事中，一种叙事方式里。文学能够给我们的，可能就是一次次“困境的日常化”，对于一些读者，她还给了他们一把思想的“小锉刀”，她将赋予他们“转换力”与“后置感”，你参与，又能够抽身，因而及时地获得了反思的机会。

如果说，在严酷凛冽中，文学能够主动地帮我们恢复一些什么，那也许就是在模拟困境中练习克服，当真正的困境无可避免时，想起人类里的那些“她”与“他”，给自己一些保持平静，保持深情的定力。期待着《庚子故事集》的句点将我们渡往未知之地。

弋舟　“转换力”与“后置感”，这如同就是对这本集子的一个概括，而概括了的，不是结果，正是一个过程——她尚未完成，但是我们能够预见到她终将完成，只是，现在我们还不知道她将怎样完成。这，恰如我们此刻的处境。

让我们等光来，并再一次对下表。

贺嘉钰 正是傍晚五点钟。卞之琳诗里写过，“友人带来了雪意和五点钟”。文学安宁人心的瞬间无时不在发生。谢谢你的写作。

2020年4月29日黄昏
纽约
2020年4月30日
庚子孟夏初八凌晨
香都东岸